KB196418

초판 1쇄 인쇄_ 2025년 02월 10일 **| 초판 1쇄 발행_** 2025년 02월 15일
지은이_ 2024 대구동부 초등 학생 주도형 창의 융합 프로그램 글지기들 **|**
엮은이_ 김해성, 김현정, 이미희, 이혜진
펴낸이_ 진성옥 외 1인 **| 펴낸곳_** 꿈과희망 **| 디자인 • 편집_** 박경주
주소_ 서울시 용산구 한강대로 76길 11-12 5층 501호
전화_ 02)2681-2832 **| 팩스_** 02)943-0935 **| 출판등록_** 제2016-000036호
E-mail_ jinsungok@empas.com
ISBN_ 979-11-6186-161-6 73810

2025 대구광역시교육청
책 쓰 기 프 로 젝 트

엄마에 대한 추억의 조각들

엄마

2024 대구동부 초등 학생 주도형 창의 융합
프로그램 글지기들 지음

김해성, 김현정, 이미희, 이혜진 엮음

꿈과희망

책을 펴내며

사랑하는 우리 친구들, 다시 만나게 되어 반가워요!

'엄마' 하면 어떤 생각이 가장 먼저 떠오르나요?

엄마를 주제로 한 많은 시와 노래, 엄마와 닮은 비유적 표현들이 떠오르지요?

'엄마'라는 이름은 부를 때마다 마음이 오락가락하는 것 같습니다. 한껏 기뻤다가 울컥 눈물이 나기도 하고, 때로는 보고 싶고 설레기도 합니다. 이처럼 애틋함이 묻어나는 마법의 이름이 바로 '엄마'이지요.

여러분들이 엄마를 떠올리며 쓴 글들을 엮어서 이 세상 하나 뿐인 『엄마』라는 책이 세상에 탄생했습니다. 우리 친구들은 이제부터 멋진 작가입니다.

박완서 작가님의 『엄마의 말뚝』에서 딸이 신여성이 되길 바라는 엄마.

이정인 시인의 『남자들의 약속』에서 만난 라라라 잔소리 대장 엄마.

늘 곁에서 자신보다 내가 잘 되기만을 소망하는 우리 엄마.

친구들이 쓴 글 한 편 한 편에 등장하는 엄마의 모습에서 '우리 엄마'가 떠오르기도 할 것입니다. 왜냐하면 모두 우리가 사랑하는 '엄마'의 모습이기 때문입니다.

그런 엄마 덕분에 오늘의 내가 있다는 사실, 꼭 기억하기 바랍니다.

평소 부끄러워 표현하지 못했던 여러분의 마음을 이 책으로 전해 보는 건 어떨까요?

마치 보물찾기를 하듯 친구들의 글에서 엄마를 향한 나의 마음을 대신해 줄 주옥같은 한 문장, 한 문장을 찾아보기 바랍니다.

먼 훗날 이 책을 다시 읽었을 때 2024년 토요일 마다 진행된 창의융합 수업 또한 아련한 추억으로 남겠지요.

선생님들은 『엄마』라는 책을 발간한 우리 작가들이 저마다의 꿈을 향해 힘차게 나아갈 수 있기를 응원할게요.

아자! 아자! 파이팅!

2024년 '엄마 사랑' 선생님들 씀

전체 목차

엄마에 대한 추억의 조각들

1 모임

마음을 담은 선물

목차

엄마

강동초 **강비주**

남을 행복하게 만들 수 있는 사람이
행복을 얻을 수 있다는 말이 있다
엄마는 나를 행복하게 만들어 주는 사람이다
그래서 엄마도 행복을 얻어
우리 엄마는 행복한 사람이다

어머니

강동초 **김건호**

아침에 봐도
점심에 봐도
저녁에 봐도
언제나 그리운 어머니

공부하더라도
자기 전에도
앞에 계셔도
언제나 그리운 어머니

엄마

강동초 **김윤호**

나는 작은 돛단배
엄마라는 바닷 속에 떠 있는 작은 돛단배

때론 거대한 파도를 만나기도
때론 거대한 상어를 만나기도

하지만 난 바다가 좋다
하지만 난 엄마가 좋다

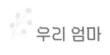
우리 엄마

강동초 **김지수**

하루 종일 일만 하는 우리 엄마
아침에는 맛있는 밥을 챙겨 주시고
점심에는 빨래를 하고
저녁에는 설거지를 하는 우리 엄마
힘든 우리 엄마를 위해
더욱 더 효도해야겠다

신기한 엄마

강동초 **노하진**

엄마는 신기하다
숙제하려 하면
숙제하라 한다
어떻게 딱 알까?

엄마는 신기하다
씻으려 하면
씻으라 한다
어떻게 딱 알까?

엄마는 신기하다
자려고 하면
자라고 한다
어떻게 딱 알까?

엄마는 정말 신기하다

엄마에 대한 추억의 조각들

엄마

강동초 **신민성**

산처럼 넓은 등을 가진 엄마
나를 업어도 아무렇지 않은 천하장사 엄마
꾀꼬리 같은 목소리로
내 이름을 불러준 우리 엄마

한겨울에 개나리 같은 우리 엄마
내 이름을 불러준
그 목소리를 잊을 수 없다
나를 사랑하던 마음이 한결같던 우리 엄마

엄마와 마트

강동초 안연우

엄마는 마트에 가면
맛있는 것을 사면서
내가 젤리를 사겠다고 하면
잔소리를 한다

함께 산 장바구니를 둘이서 힘들게 들고 온다
왠지 내가 더 무거운 것 같다
엄마가 힘을 뺀 건가?
맛있는 젤리를 못 사 더 힘든 것 같다

집에 와서 장바구니를 정리하는데
엄마가 좋아하는 것만 잔뜩 있다

이제 보니 엄마는 우리 집 대장님인 것 같다

엄마에 대한 추억의 조각들

엄마 엄마 엄마 엄마

강동초 **지승헌**

엄마 이거 사줘

엄마 이거 버려줘

엄마 이게 뭐야?

엄마 이거 어떻게 해?

엄마엄마엄마엄마엄마엄마 매일 나는 엄마를 부른다

오늘은 엄마에 대한 다큐를 보았다

나는 이런 엄마를 몰랐던 걸까?

이제부터 난 효도를 해야겠다

엄마! 이게 뭐야?

(물론 내일부터 말이다)

이런 엄마가 좋다

강동초 **황정음**

매일매일
드라마 보는 엄마

매일매일
쉬지 않고 보는 엄마

드라마를 왜 보냐고 물어보면
드라마는 삶의 중요한 일부라고 말하는 엄마

나는 이런 엄마가 좋다
엄마가 드라마에 한창 눈이 가 있을 때
몰래 핸드폰을 할 수 있는 시간이 주어진다

나는 이런 엄마가 고맙다
하루 종일 숙제하라고 잔소리를 쏟아내다가
엄마가 드라마를 보기 시작하면
나는 편하게 놀 수 있다

나는 이런 우리 엄마가 최고다

엄마에 대한 추억의 조각들

엄마라는 존재

강동초 **김선예**

「해수의 아이」라는 영화를 아는가? 영화「해수의 아이」는 주인공 루카가 친구와의 다툼 후 아빠가 근무하시는 아쿠아리움에 찾아가 바다에서 듀공의 손에 길러진 아이를 만나고 나서 본격적인 이야기가 시작된다.

루카는 아쿠아리움에서 만난 신기한 친구 우미(바다)와 함께 혜성을 본다. 루카가 우미에게 어떻게 알았냐고 묻자, 우미는 "혜성이 자신을 찾아 달라."고 했다고 한다. 그리고 "벌레나 동물이 빛이 나는 것은 자신을 알아주길 바라기 때문"이라고 한다. 그 이후, 루카는 우미를 찾아갔지만 그곳에는 우미가 아닌 소라(하늘)가 있었다. 소라는 자신들의 목적은 탄생제의 게스트가 되어 탄생제에 가는 것이라고 했다. 그리하여 그들은 함께 시간을 보냈다.

그러던 중, 소라가 사라졌다. 우미는 소라가 있는 곳을 찾았다며 루카를 섬으로 데려갔다. 그 섬에서 소라는 루카에게 운석을 넘겨주고 떠난다. 소라가 떠난 후, 고래들의 움직임은 더 커졌고, 송을 부르며 대이동을 하기 시작했다. 루카와 우미 일행도 소라를 보내고 패닉상태에 빠져 있다가 고래들을 따라 데데의 배를 타고 이동한다. 이동하던 중, 루카는 데데의 배에서 뛰어내렸다. 루카는 고래를 따라 수영하다가 고래의 입 속으로 빨려 들어가게 되며 탄생제가 준비된다. 루카가 정신을 차렸을 때는 고래의 심장 부분에 도착해 있었다. 고래의 심장부에서 루카는 운석에 의해 직접적으로 송을 느낀다. 루카가 정신을 차리고 탄생제를 직접 눈으로 보고 싶어 하는 순간, 탄생제가 시작된다.

탄생제에서 루카는 우주로 변하는데, 루카의 몸 안에 있던 운석이 활성화된다. 그 순간, 우미가 등장해 루카에게서 운석을 빼앗는다. 루카는 우미가 소라처럼 사라질까 봐 우미에게서 다시 운석을 빼앗는다. 둘은 한참 쟁탈전을 벌이다가 우미는 아기로 변한다. 루카는 우미가 한 말을 떠올리며, 운석이 우미의 빛이라는 것을 알아차리고 운석을 우미에게 주고 우미가 운석을 삼키자 탄생제는 막을 내린다. 이 영화에서 데데라는 인물은 '우주는 하나의 생명체, 바다가 있는 별은 자궁, 운석은 정자, 수정의 축제', '별의 별들의 바다는 어버이'라는 말처럼 엄마는 바다와 같은 존재이다. 하지만, 누군가의 소중한 딸이기도 하니 별과 같은 존재도 될 것이다.

여러분에게 엄마는 어떤 존재인가? 세상에는 여러 엄마가 있다. 그중에서도 여러분은 엄마가 밥 해주는 엄마, 잔소리하는 엄마, 내 고민을 털어 놓을 수 있는 편한 엄마 등이 있을 것이다. 앙글라드라는 인물은 '좋은 일, 나쁜 일 둘이 조화가 되기에 이 세계는 유지될 수 있어.', '아니, 다를 바 없나. 생물은 모두 같은 원료로 이루어져 있으니까.'라는 말을 한다. 앙글라드의 말처럼, 엄마의 잔소리와 칭찬이 섞여 있을 때, 우리는 한 걸음 더 나아갈 수 있다. 그런 엄마지만, 인간은 앙글라드의 말처럼 모두 같은 원료로 이루어져 있다. 또, 인간은 언젠가는 떠난다. 즉, 여러분이 엄마와 함께, 또는 아빠와 함께할 시간은 한정되어 있다는 것이다. 앞으로 여러분은 아니 지금부터 여러분은 여러분의 엄마, 아빠와 함께 어떠한 시간이라도 보낼 것인가, 아니면 흘러가는 시간을 쫓지 않고 그냥 보내고 후회할 것인가?

엄마에 대한 추억의 조각들

엄마의 미소

동호초 **박효은**

엄마의 미소 한번에
꽁꽁 얼어붙은 겨울마저 녹아내리네

엄마의 미소 한번에
어둡기만 했던 하늘 푸른 빛으로 물들어지네

하루의 고단함마저 잊게 만드는
그 미소 한번에 세상까지 밝아지고

엄마의 미소 한번에
세상 사람들 모두 행복을 향해 소리치네

엄마가 없으면

동호초 이지효

엄마가 없으면
더러운 내 방
치워 줄 사람도 없고

엄마가 없으면
맛있는 밥
해줄 사람도 없고

엄마가 없으면
슬플 때 괜찮다며
안아 줄 사람도 없네

엄마에 대한 추억의 조각들

엄마

동호초 **최연우**

미래에는 내 곁에 없을까 두려운 사람
항상 내 곁에서 응원해 주는 사람
나의 빛과도 같은 우리 엄마

항상 모든 것에 짜증내도
모든 것에 화를 내도
항상 날 품어주는 사람
나의 빛과도 같은 사람
사랑해요

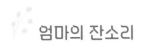

엄마의 잔소리

송정초 정해윤

엄마는 항상 잔소리를 하신다
책상 치워라
숙제해라
씻어라

매일 안 하는 것도 아닌데
항상 하려고 하는데
잔소리하는 데 재미 들린 듯
자꾸만 하신다

또 또

귀에 딱지가 앉을 때까지 하신다
잔소리를 하시는 엄마의 입은
아직 지치지 않았는지
멈추지 않고
계속 움직인다

엄마에 대한 추억의 조각들

화가 나지만

그래도 나는

엄마를 사랑한다

청소의 여왕

우리 집에서 전쟁이 터졌다

엄마와 바닥과의 전쟁이다

바닥은 과자 부스러기와

먼지를 풀장착했다

하지만 엄마도 만만치않다

엄마는 로봇청소기, 진공청소기, 스팀청소기로 풀장착했다

엄마는 빛의 속도로 바닥을 진공청소기로 민다

한쪽에선 로봇청소기가 먼지와 싸우고 있다

하지만 먼지의 반격도 강하다

바닥은 먼지 어퍼컷을 날려

엄마에게 타격을 준다

그 순간 엄마가 스팀청소기로

바닥을 K.O. 시킨다

역시 우리 엄마다

엄마에 대한 추억의 조각들

우리 엄마

숙천초 **김은수**

은은한 미소와 따스함 품은
언제나 나를 따뜻하게 안아 주는 햇살

향기로운 향을 뿜으며
슬픈 내 마음 기쁨으로 바꿔 주는 바람

어둠 속에서 내가 길을 잃었을 때
나에게 희망과 행복을 가져다 주는 별빛

나의 어두운 밤을 밝히는 이 세상에서
가장 빛나는 별, 우리 엄마

우리 엄마

숙천초 박시우

우리 엄마는 성실하다
언제나 빠뜨리는 일 없이
일을 짠짠 해낸다

우리 엄마는 다재다능하다
언제나 못하는 일없이
일을 척척 해낸다

우리 엄마는 나의 보금자리다
언제나 내가 힘들 때마다
쉬어갈 수 있다

엄마에 대한 추억의 조각들

엄마

숙천초 **박지후**

나는 행복하다

맛있는 밥을 먹어서?
아니
엄마가 해주는 밥을 먹어서

주말이라서?
아니
엄마와 같이 놀 수 있어서

나는 행복하다

그냥?
아니
엄마가 있어서

엄마에 대한 추억의 조각들

2 모임

마음을 담은 선물

목차

엄마의 품

덕성초 김동규

엄마의 품은 세상에서 가장 따스한 곳

내게는 언제나 안식처 같은 네 품이 있어
어둠이 드리운 밤도 엄마의 눈은 내 길잡이

평화롭고 안전한 내 삶의 정원이야
엄마가 있어서 행복해

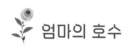 엄마의 호수

덕성초 **김윤채**

넓은 호수 안에
뭐가 있을지

그중에 내가 있고
다른 내가 있지

넓고 넓은 곳에
사랑이 있어
나만의 사랑이 되고
엄마의 호수가
따뜻한 마음이 된다

밥솥

덕성초 **이은솔**

치이이이이이

어쩌면 고소한 냄새의 연기는

흰밥을 먹겠다 투정을 부리던 나 때문에
건강을 지키겠다는 아빠 때문에

밥을 두 번 하는 엄마의 큰 한숨일지도 모른다

엄마가 나에게 주는 뜻

동부초 박수연

엄마는 왜 그럴까?
더위사냥을 먹을 때 큰 쪽을 나에게 주는 엄마
엄마는 나에게 양보하는 걸까?
엄마는 나를 배려한다

엄마는 왜 그럴까?
단톡방도 안 돼, 인스타도 안 된다는 엄마
엄마는 나를 꼬치꼬치 참견하려는 걸까?
엄마는 나를 간섭한다

엄마는 왜 그럴까?
뭐가 좋니 뭐가 싫니 물어보는 엄마
내 취향이 그렇게 궁금하나?
엄마는 내게 관심 있다

엄마는 왜 그럴까?

엄마에게 물었다.

엄마는 왜 그래?

엄마의 답변은

배려하다, 간섭하다, 관심 있다가 아니었다

하지만 맞았다

그 말에는 엄마가 나에게 주는 모든 뜻이 있었다

단 두 글자로 모두 표현할 수 있다

'사랑'

엄마

동부초 **정준상**

장난감에 꽂힌 나
어디에도 없는 엄마

엄마를 잃어버린 나
나를 잃어버린 엄마

엄마를 찾으려는 나
나를 찾으려는 엄마

유치원에서 배운 게 떠오른 나
어떡하지 조바심이 나는 엄마

근처 상가에 전화해달라는 나
주변 상가를 헤매는 엄마

결국 엄마를 찾은 나
결국 나를 찾은 엄마

엄마에 대한 추억의 조각들

엄마를 봐서 기쁜 나

나를 봐서 안심 되는 엄마

엄마는 AI

불로초 **고형준**

엄마는
매일매일
태양처럼 웃고 있다

행복할 때
속상할 때
기분이 먹구름일 때

그래도 엄마는
웃고 있다

그래서 엄마는
AI 로봇 같다

날씨

불로초 **김성민**

어떨 때는 환한 햇살이
밝게 빛나고

어떨 때는 폭풍우가
우두둑 떨어지고

어떨 때는 먹구름이
넓게 퍼져 있지

모습은 달라도
우리를 사랑하는 마음은
한결같은 날씨 같은
우리 엄마

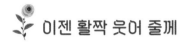# 이젠 활짝 웃어 줄께

신성초 **김나윤**

엄마, 매일 아침 일어나 힘들다고 투정부릴 때도

머리가 망했다고 짜증낼 때도

시간이 없어 화를 냈을 때도

카톡으로 이야기할 때도

학교에서 안 좋은 일이 있어 화가 나 짜증낼 때도

서운하다며 화내고 울어 버릴 때도… 하…

엄마는 항상 밝게 웃어 주었다

이젠 이런 생각이 든다

난 항상 엄마에게 화만 냈다는 사실…

그래도 나에게 밝게 인사하며 웃어 주는 엄마가 너무 고맙다

화만 내던 나의 과거… 현재에는 후회만 가득…

엄마! 이젠 내가 엄마를 보고 활짝 웃어 줄께!

잔소리

신성초 **김민하**

오늘도 그 잔소리다

정리해라

샤워해라

좀 자라

공부해라

하지만 오늘따라 엄마의 잔소리가 그립다

오늘도 그 사납던 잔소리는 사라져 간다

아니면 오늘 그 그립던 엄마의 한마디를 들으러 갈까?

오늘 나의 목은 쉴 것 같다

그래도 엄마의 잔소리는 듣고 싶어

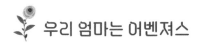

우리 엄마는 어벤져스

신성초 이연서

우리 엄마는 슈퍼맨
언제든 위험할 때 지켜주지

우리 엄마는 헐크
엄마는 우리를 지킬 때 괴력을 발휘하지

우리 엄마는 스파이더맨
어디든지 같이 다니지

우리 엄마는 아이언맨
천하무적이지

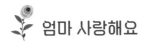 # 엄마 사랑해요

아양초 **김동하**

엄마는 나의 햇살
아침마다 환하게 웃어 줘요

손잡고 공원 가요
꽃도 보고 나비도 봐요

밤에 무서울 때
따뜻하게 안아 줘요

엄마는 나의 의사
아프면 금방 낫게 해줘요

엄마랑 함께하는 시간
모두 소중하고 좋아요

엄마 항상 고마워요
사랑해요 엄마 많이 많이

봄 같은 나의 엄마

아양초 **배건율**

일반 가정의 엄마들과
나의 엄마는 사뭇 다르다

다른 가정의 엄마들은
여름처럼 포근하지

봄이 어떨 때는 춥고
어떨 때는 덥고
또 따뜻하기도 하다

이런 봄의 특징은
나의 엄마에게 모두 있는 것

하지만 나는
아무리 엄마가 혼을 내고 화를 낸다고 해도
엄마가 좋다

엄마에 대한 추억의 조각들

왜냐하면

모두 나를 위해 하는 거니까

나를 낳아주신 생명의 은인이니까

새로운 생명을 탄생시킨 분이니까

잔소리

아양초 **전우현**

엄마 저는 엄마가 제가 잘못했을 때
잘한 것이라도 있는 사람처럼 눈물 뚝뚝 흘리지만
잘못한 마음 때문에 우는 것 아시죠?

엄마 엄마가 저에게 나오라고 하실 때
제가 강아지처럼 후다닥 달려 나가면
귀여워해 주시는 모습이 좋아요

저는 엄마의 잔소리가 화나지 않고 슬프지도 않아요
왜냐하면 예전에 엄마가 해준 잔소리가
나중에는 보물 같은 충고가 될 수도 있잖아요
엄마 항상 사랑해요! 감사해요!

엄마에 대한 추억의 조각들

3 모임

마음을 담은 선물

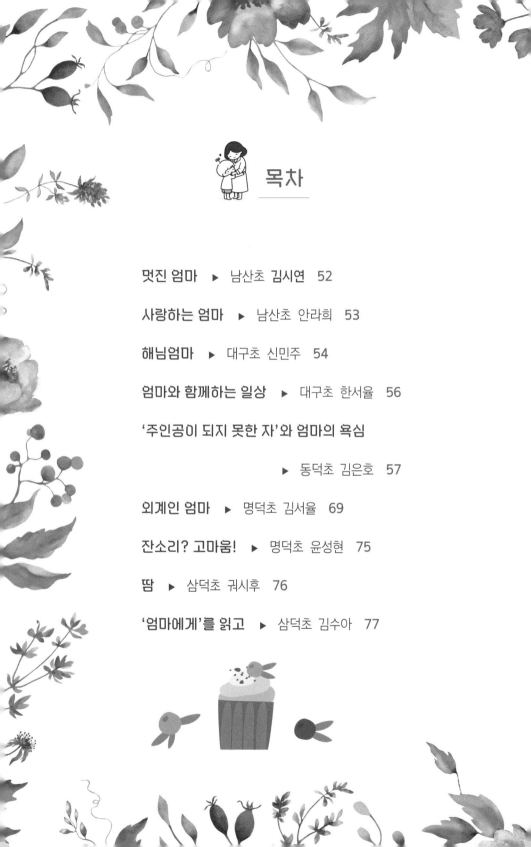

목차

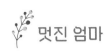

멋진 엄마

남산초 **김시연**

엄마는 언제나 무엇이든 잘한다
요리, 글쓰기, 공부 등등
모든 걸 할 수 있다
나는 엄마를 보고 따라한다
하나씩, 하나씩,
그럼 결국 나도 엄마처럼 멋진 사람이 되겠지?

엄마는 언제나 내 곁에 있다
내가 힘들 때나 슬플 때나
위로가 필요할 때 언제나~
내가 나중에 커서 엄마가 된다면
꼭 엄마처럼 멋진 엄마로 살아야지!

나도 멋진 엄마를 닮은 멋진 나로 살고 싶다

사랑하는 엄마

남산초 **안라희**

엄마는 나에게 오리인가 봐
오리는 자신이 위험해도
자기 자식을 먼저 지키는 사랑이니까

엄마는 나에게 자석인가 봐
내가 있으면 엄마는 내게 달려와 착 붙으니까

엄마는 나에게 바람인가 봐
엄마가 연주해 주는 피아노 소리가
내 마음에 있는 스트레스를 다 날려 보내니까

해님엄마

대구초 **신민주**

화창한 아침에 환한 빛에
눈을 떴어
해가 떴나 봐

아니야 아니야
눈을 떠보니
해님 같은 엄마가 있어

노곤한 점심에 푸근한 냄새에
눈을 떴어
꽃이 피었나 봐

아니야 아니야
눈을 떠보니
냄새마저 푸근한 엄마가 있어

포근한 밤에 은은한 빛에
눈을 떴어

은빛 달이 떴나 봐

아니야 아니야
눈을 떠보니
은빛 달 같은 우리 엄마가 있어

엄마와 함께하는 일상

20■■년 ■월 ●●일

오늘 친구와 다퉜다.

집에 왔는데 엄마께서 나에게 혼을 내지 않으셨다.

엄마께서 나에게 혼내시지 않자 죄책감이 느껴졌다.

오늘 낮 동안 어제의 죄책감에 마음 한구석이 계속 불편했다.

20■■년 ■월 ▲▲일

학교에 다녀온 후 엄마에게 말씀을 드렸다.

"엄마, 사실 저 어제 친구와 조금 다퉜어요."

라고 말하자 엄마가 괜찮다고 말씀하셨다.

말씀을 드리고 나니 불편했던 곳이 괜찮아졌다.

비슷한 일이 일어난다면 다음에는 엄마에게 바로 말씀드려야겠다.

56   **엄마에 대한 추억의 조각들**

'주인공이 되지 못한 자'와 엄마의 욕심

동덕초 **김은호**

"빨리 일어나, 이놈아!"

아침부터 엄마의 쩌렁쩌렁한 목소리가 울려 퍼졌다.

"이놈이 오늘도 학교를 지각하려고 작정을 했구만, 작정을 했어."

밖에서 엄마가 나에게 윽박질을 하며 소리쳤다. 자고 있던 바둑이도 울 엄마의 목소리에 화들짝 놀라서 줄행랑을 쳤다.

나는 하품을 하며 방에서 기어 나왔다. 엄마는 마당에서 고추를 말리고 있었다.

"으이그, 아침도 못 먹고 학교 가겠네."

엄마는 나를 흘겨보며 말했다.

"빨리 세수하고 옷 갈아입고 나와!"

엄마가 나에게 호통을 쳤다.

나는 시골에 사는 평범한 6학년 초등학생이다. 학교는 30분이나 걸어가야 해서 빨리 걸어가야 한다.

"으… 엄마, 나 모기 물렸나 봐!"

내가 옷을 입으며 엄마에게 말했다. 엄마는 내 말을 들은 체 만 체 하며 내 알림장을 흘겨보고 있었다.

"음…. 오늘 준비물은 물감? 이 가시나야, 왜 빨리 말 안 했어!!"

엄마가 내 등짝을 후려치며 말했다.

"아쓥! 그게 말할려구 했는데 까먹어서."

나는 등을 어루만지며 말했다.

"으이구! 이 가시나를 그냥 확 그냥 으이구."

엄마는 서랍을 뒤적거리며 말했다.

"여기 있다."

엄마가 낡은 팔레트를 꺼내며 말했다. 내가 1학년 때부터 쓰던 팔레트다.

"이거 말고 다른 건 없어?"

내가 엄마에게 조심스럽게 물었다.

"당연히 없지."

엄마가 나를 째려보며 말했다.

"빨리 학교나 가!"

나는 엄마에게 떠밀리다시피 방에서 나왔다.

"알겠어! 알겠다고!"

나는 불평하며 학교로 달려갔다. 엄마는 내가 사라질 때까지 지켜보다가 고추를 마저 말렸다. 나는 학교에 아슬아슬하게 도착했다. 교실로 들어오자 익숙한 목소리가 들려 왔다.

"여~ 신해민. 오늘은 지각 안 했네?"

내 친구 이서율이 나에게 물었다.

"당연한 말씀을!"

나는 대답했다.

"오늘 엄마에게 최강 등짝 스매시를 맞고 정신을 차렸지."

내가 웃으면서 말했다.

"너 등 괜찮냐?"

이서율이 웃으면서 물었다.

"암~ 그렇고 말고."

나는 우쭐대며 말했다.

그때 선생님이 들어오셨다.

"자! 다들 조용 조용! 오늘은 총괄시험 있다는 거 다 알고 있겠지?"

선생님이 넌지시 물었다.

사실은 알림장에 적어가면 보나마나 친구와 놀지 못하고 꼼짝없이 공부를 해야 하기 때문에 그냥 알림장에 적지 않았다. 그러고는 까먹어 버린 것이다. 엄마는 늘 시험을 중요시했기 때문에 시험점수가 잘 안 나오면 날 눈물 쏙 빠지게 혼냈다.

'망했다' 나는 속으로 외쳤다. 내 기분을 아는지 모르는지 선생님은 시험지를 나누어 주고 계셨다.

"야! 너 공부 했냐?"

나는 서율이에게 물었다. 나는 서율이도 공부를 안 해왔기를 속으로 기대하였다. 하지만 돌아온 대답은 "그럼, 당연하쥐! 너 혹시…" 나는 다급히 서율이의 입을 막으며 말했다.

"다… 당연히 해 왔지!"

나는 떨리는 목소리로 말했다.

"뭐, 그럼 말고."

서율이가 어깨를 으쓱 하면서 말했다.

"거기 둘 떠들지 말고 빨리 풀어라!"

선생님의 호통에 우리는 하던 얘기를 멈추고 시험지를 풀기 시작했다.

'아~ 모르는 거 너무 많은데…'

나는 서율이를 흘깃 쳐다봤다. 서율이는 자신만만하게 시험지에다 답을 끄적이고 있었다.

'아~ 어쩔 수 없다. 그냥 찍는 수밖에!'

나는 그렇게 모든 과목을 다 찍었다.

"시험 결과는 일주일 후에 나온다."

선생님이 말씀하셨다.

'하… 다 찍었는데 제발 한 개라도 맞았기를!'

나는 속으로 빌고 또 빌었다. 서율이가 나에게 물었다.

"야, 신해민. 나 너네 집 놀러 가면 안 되냐?"

듣기만 해도 좋은 소리였다.

"그래! 콜!"

나는 서율이를 향해 소리쳤다. 나는 집으로 가는 길에 서율이에게 계속 쫑알쫑알 거렸다. 그때 갑자기 서율이가 나에게 물었다.

"야, 너 시험 잘 봤냐?"

나는 서율이 질문에 쉽게 대답하지 못했다. 서율이는 내 표정을 보고 다 알아듣겠다는 듯이 말했다.

"다음에 잘 치면 되지."

서율이는 나를 보며 웃었다. 나는 피식 웃으며 말했다.

"그래 다음에는 내가 꼭 너를 이길 거야!"

서율이는 "아직 시험 결과가 나오지도 않았는데 무슨…"이라고 말했다. 나는 "50점은 넘어야 할 텐데."라고 말하며 한숨을 쉬었다.

서율이는 "다 괜찮을 거야!"라고 말하며 배시시 웃었다.

나도 서율이를 따라 웃었다.

서율이와 얘기를 하면서 걷다 보니 우리 집에 다다랐다. 나는 왠지 모를 불안감이 엄습하여서 식은땀이 흘렀다.

"어… 얼른 들어가자."

나는 말했다. 서율이는 아무 생각도 없어 보이는 듯이 우리 집에 들어갔다. 하지만 엄마는 나와 서율이를 보더니 서율이에게 말을 했다.

"어머 서율이 왔구나. 근데 이모가 해민이랑 이야기할 게 있어서 나중에 다시 와 주겠니?"

엄마가 서율이에게 물었다. 이건 엄마가 아주 크게 나를 혼낸다거나 중요한 얘기를 할 때만 있는 일이다. 90%는 다 혼나는 확률이다.

서율이는 내 마음을 모르는지 그냥 "네, 다음에 보자, 해민아!"라고 말하고 혼자 도망간다.

"신. 해. 민."

엄마가 말했다. 엄마 코에서 콧김이 나오는 듯한 느낌이었다.

"너 왜 오늘 총괄시험 친다고 말 안 했어?"

엄마의 말투가 지나치게 딱딱해서 더 무서운 것 같았다. 엄마는 화가 나면 눈에서 레이저가 나오고 코에서는 무시무시한 바람이 쏟아져 나오고 얼굴은 울그락불그락한 게 꼭 고릴라를 닮은 것 같다. 나는 너무나도 무서워서 벌벌 떨며 말했다.

"죄송합니다."

그런데 엄마가 그냥 나를 쳐다보시더니 한숨을 쉬며 말했다.

"어휴~ 됐고 중요하게 할 얘기가 있으니 방으로 들어와."

나는 신발을 벗고 방으로 들어가는데… 깜짝 놀랐다. 우리 집 짐이 다 싸져 있는 게 아닌가? 우리는 완전 옛날 방에다가 방도 한 개밖에 없는 구닥다리 집인데 엄마는 대뜸 "우리 서울로 이사 간다."라고 말하는 게 아닌가? 나는 꿈인가 싶어서 볼을 꼬집었다. 그리고 나는 현실을 직감하고 엄마에게 떼를 썼다.

"아, 엄마. 나 이사 가면 서율이랑 헤어져야 하잖아. 싫어."

나는 단호하게 말했다. 엄마는 한숨을 쉬며 말했다.

"해민아, 엄마가 일하던 곳이 망했어. 그래서 여기 일할 곳을 찾아봤거든? 근데 다들 안 받아 주더라."

엄마는 쓸쓸한 얼굴로 말을 이어갔다.

"일단 엄마가 서울 옥탑방 구해놨으니까 내일 서율이랑 작별 인사만 하고 기차 타고 서울로 가야 해."

엄마는 다 말린 고추를 가지러 자리를 떴다. 나는 아무 말도 하지 못하였다. 다음날 나는 아침 일찍 일어나서 학교를 갔다. 선생님도 내가 서울로 전학 간다는 소식을 듣고 나를 보며 "2교시에는 어머니가 기차를 타야 한다고 하시더라. 1교시 중간쯤 애들하고 작별 인사하고 가자."라고 하셨다. 나는 아무 말도 하지 않고 자리에 앉았다.

'차라리 가는 척하면서 여기서 농사지으면서 살면 안 되나?'

쓸데없는 망상이었지만 정말 그러고 싶었다. 서율이가 교실로 들어왔다. 서율이는 아무것도 모른다는 듯이 나에게 물었다.

"여~ 신해민. 너 오늘 왜 일찍 왔냐?"

나는 아무 말도 하지 못하였다. 내 반응을 본 서율이는 조심스럽게 물었다.

"야, 너 뭔 일 있냐?"

나는 이윽고 대답했다.

"나 오늘 서울로 전학 가."

서율이는 내 말을 듣고 벙쪄 있을 뿐이었다.

"야, 거짓말이지?"

서율이는 내가 "응."이라고 대답해 주길 원하고 있었다. 하지만 나는

엄마에 대한 추억의 조각들

"아니야. 오늘 1교시 중간에 기차 타고 서울로 가야 해."라고 대답하였다. 서율이는 아무 말도 하지 않고 있다가 화장실로 갔다. 나도 따라가려고 했지만 그냥 가지 않았다. 1교시 종이 치자 서율이가 돌아왔다. 그리고 나에게 말을 건넸다.

"그럼, 내가 이사 안 가고 있을 테니까 꼭 다시 돌아와야 해."

나는 서율이의 말에 "응, 꼭 그럴게."라고 대답했다.

나는 속으로 생각했다.

'핸드폰이 있었다면 매일매일 연락할 수 있었을 텐데…'

지금 후회해 봤자 무슨 소용인가. 늘 느리게 가던 1교시가 갑자기 너무나도 빠르게 느껴졌다. 수업을 하다 선생님이 시계를 보시더니 나를 부르셨다.

"얘들아, 오늘 해민이가 갑작스러운 사정으로 전학을 가게 되었단다. 해민아, 할 말 있니?"

나는 할 말이 없었다. 내가 대답을 하지 않고 있자 선생님은 아이들에게 해민이에게 하고 싶은 말을 짧게 종이에 적어 제출하라고 하셨다. 나는 그 종이를 받아 들고 교실 밖으로 나왔다. 서율이도 나를 따라 나왔다.

"엄마한테 허락 받았어. 같이 가자."

우리는 기차역까지 걷는 동안 아무 말도 하지 않았다. 서율이가 나에게 무엇을 건네며 말했다.

"이거 너랑 나 졸업할 때 우정 팔찌로 맞추려고 했는데 네가 전학 가니까 지금 줄게."

나는 서율이가 직접 만든 팔찌를 받았다. 얼기설기 엮은 예쁜 팔찌였다. 나는 웃으며 "고마워. 하루 종일 끼고 다닐게."라고 말했다. 서율이도 자기 손목에 팔찌를 끼며 따라 웃었다. 떠들면서 걷다 보니 기차역에 도착하였다. 서율이는 금방이라도 울음을 터트릴 듯한 표정으로 나를 쳐다봤다. 엄마가 나를 발견하고는 소리쳤다.

"신해민! 얼른 와. 기차 오고 있어!"

나는 서율이를 향해 말했다.

"서율아, 꼭 건강하고. 서울에서 금방 돌아올게."

서율이는 고개를 끄덕거리며 나에게 손을 흔들었다. 나는 엄마를 향해 달려갔다. 기차가 광활한 소음을 일으키며 달려오고 있었다. 나는 서율이를 보며 손을 흔들고는 기차에 탔다.

"삐- 기차가 출발하오니 탑승객 여러분들은 자리에 앉아 주십시오."

안내방송이 나온 후 기차는 천천히 움직였다. 서율이는 기차를 따라 달리며 나에게 손을 흔들었다. 나도 서율이를 향해 손을 흔들었다. 기차가 속력을 높이며 서율이를 지나쳤다. 나는 생각했다.

'이제 진짜 안녕이구나'

엄마는 내 속도 모르는지 창문 밖을 구경하고 있었다.

2시간이 지나고 서울역에 내렸다. 나는 그 광경을 보고야 말았다. 엄청난 인파를! 읍내에 가서도 이렇게 많은 사람들은 볼 수 없었다. 하지만 엄마는 익숙하다는 듯이 사람들을 쏙쏙 피해갔다. 나는 외쳤다.

"엄마, 같이 가!"

드디어 많은 인파를 뚫고 엄마가 말한 옥탑방에 도착하였다. 문을 열자마자 곰팡이 냄새가 풍겨왔다.

"윽!"

나는 나도 모르게 코를 꾹 막았다. 하지만 엄마는 익숙하다는 듯이 짐을 먼저 풀기 시작했다. 그런데 짐 중에 못 보던 보따리가 있었다.

"어? 엄마, 이거 뭐야?"

나는 엄마에게 물었다. 엄마는 재빠르게 보따리를 뺏으며 방이나 치우라고 말을 했다. 그날 밤, 나는 보따리에 들어 있는 물건이 무엇인지 너무 궁금해서 잠을 이루지 못하였다.

'딱 한번만 보고 그냥 다시 자야지'

나는 조심스럽게 일어나서 보따리 쪽으로 다가갔다. 나는 보따리를 풀며 생각했다.

'엄마는 어떻게 그렇게 서울에 익숙한 것 같지?'

보따리가 스스륵 하며 풀렸다.

'어, 풀렸다!'

나는 속으로 환호성을 지르며 보따리 속을 봤다. 어떤 까만 갓 하나랑 검정색 옷이 들어 있었다. 그리고 그 옆에 있는 종이에는 '저승사자 신덕순'이라고 적혀 있었다. 나는 입이 떡 벌어졌다. '우리 엄마가 저승사자라니!'라고 생각하는 찰나 엄마가 뒤척였다. 나는 잽싸게 내가 들고 있던 보따리를 묶어 보따리가 원래 있던 데 두었다. 그때 엄마가 일어나서 시계를 확인했다.

'11시 50분'

엄마는 옷을 들고 지하실로 사라졌다. 엄마는 다시 나오지 않았다. 나는 걱정과 궁금증 때문에 잠을 이루지 못 했다.

'영화에서만 보던 일이 일어나다니, 근데 왜 나한테 안 알려 준 거지?'

셀 수 없는 궁금증이 쏟아져 왔다. 온몸에 알 수 없는 긴장감과 전율이 흘렀다. 나도 알 수 없는 기분이었다. 발가락부터 머리까지 간질간질해서 참을 수가 없었다.

'딱 한번만 지하실에 내려가 볼까?'

시계를 보니 12시 30분이었다. 나는 조심히 지하실로 다가갔다. 발과

온몸이 저릿저릿 했지만 궁금증이 더 앞섰다. 점심 때 집을 구경하다가 지하실을 발견했지만 들어가 보지 않았다. 아침에도 무서웠는데 밤에 보니까 훨씬 더 오싹한 기분이 들었다. 나는 성큼성큼 걸어 내려갔다.

'원래 이런 건 성큼성큼 내려가야 무서운 게 덜해'

나는 생각했다. 사실은 빨리 내려가서 이 무서움을 빨리 끝내고 싶었다. 늘 책에서 보면 마법의 문이 있던데 지하실에는 아무것도 없었다.

'에이 뭐야'

나는 실망한 기분을 이끌고 올라가 이부자리에 누웠다.

'근데 내일 학교 가야 되네?'

나는 새로운 학교에 대한 걱정이 스멀스멀 피어올랐다.

'이제 5월인데 다들 친한 애들 한 명쯤은 사귀었겠지?'

가서 새로운 친구에 대한 걱정이 피어나기 시작했다.

다음날에는 그저 최악의 시간이라고 할 수 있으리라 할 만큼 최악이었다. 엄마가 돌아오지 않았다.

아침에 일어나 보니 9시 10분이어서 나는 꿈이겠거니 생각했다. 늘 엄마가 깨워줬기에 나는 엄청나게 당황했다.

'오늘 학교에서 연락 오는 거 아니야?'

나는 혼돈에 휩싸인 채로 지하실로 내려가 봤다. 엄마가 없다. 그냥 돈 꾸러미와 핸드폰이 놓여 있을 뿐 그게 무슨 뜻인지는 생각하지 않았다. 작은 쪽지가 있었다.

『해민이에게

해민아, 니가 지금 이걸 읽고 있을 때쯤이면 나는 없어져 있겠구나. 솔직히 그냥 너무 힘들었어. 내가 할 수 있는 일은 없고 아빠는 없어지고 그래서 이 일을 신청했단다. 나는 몰랐지, 여기 한 번 들어오면 나갈 수 없다는 걸. 이게 너무 하찮은 변명인 거 알아. 내가 할 수 있는 게 이거밖에 없었어. 내가 서울 길을 잘 아는 거는 어릴 때 여기서 살았기 때문이야. 지금도 생생하게 기억하고 있어. 그 광경을. 나도 커서는 저 거리에서 다니는 사람 중 한 명이 되고 싶다고 생각했지. 나는 그게 너무 당연한 줄 알았어. 다른 애들은 다들 거창한 꿈을 꾸는데 말이야. 나는 그 소박한 꿈 하나로 버텼어. 그 공간이 너무 좁아서 터질 듯이 부풀어 올랐을 때 알았어. 더 큰 꿈을 가질 걸. 곧 있으면 터져 없어질 내 꿈. 영화에 나오는 시민1 말고 주인공이 될 걸. 그래서 선택한 길이 '엄마'였어. 비록 너 하나일지 몰라도 나는 너의 삶에서 주인공이 되고 싶었어. 근데 네 삶의 주인공은 너였어? 그걸 알고 너를 낳은 걸 후회하고 싶었어. 나는 저 바닥에서 너를 낳고 끝까지 위로 올라가보고 싶었어. 근데 내가 있는 곳에는 바닥이 없었어. 여기 와서는 내가 어떤 생활을 하고 있을지는 모르겠지만 너에게 참 미안하구나. 내가 여기서 언제 나갈 수 있을지. 어떻게 나갈 수 있을지는 잘 모르겠어. 하지만 1달에 한 번씩 물품을 전달하는 날이 오니까 그때마다 편지와 돈을 보낼게. 뒷장에는 학교로 가는 길과 핸드폰이야. 내가 없더라도 알람 설정해서 혼자 일어날 수 있지? 보따리에 보면 요리하는 법이 있어. 학교에서 친구들 많이 사귀어. 해민아, 정말 미안해!

엄마가』

이 쪽지를 보고 나는 아무 생각이 나지 않았다. 눈물도 흐르지 않았다. 장난 같았다. 그냥 엄마가 지하실문에서 나와 나에게 '장난이였지' 하면서 장난이길 원했다. 그러면 말이라도 해주지. 갑자기 서운함이 몰려

오기 시작했다. 나는 울지 않았다. 엄마는 내 삶의 주인공이 되고 싶었다고 한다. 다른 엄마들은 아이들이 자신의 삶의 주인공이 되도록 도와주는 역할, 그 주인공을 만들어내는 역할을 하고 있다고 생각하고 있다. 정말 그게 진짜일까? 엄마에게 나는 어떤 존재였을까? 그냥 자신을 주인공으로 만들기 위한 조그마한 애완동물이었을까? 아빠는 어땠을까? 엄마들도 자신의 삶이 있다. 엄마는 언젠가는 죽고 그 아이가 혼자 남을 것이다. 하지만 엄마는 저승사자다. 죽지 않는다. 언젠가는 만난다. 내가 죽으면 엄마가 나를 데리러 올까? 다시 내 삶의 주인공이 되려고 할까? 그러면 결국에는 나는 주인공이 되지 못하는가? 저 거리에 다니는 사람들은 자신이 삶의 주인공일까? 엄마일까? 스스로 주인공의 자리를 물려주는 역할을 할까? 온갖 물유들이 스쳐 지나갔다. 그저 그랬다. 내가 스스로 주인공이 되지 못한다는 게. 어차피 나 혼자 남는데. 그러면 내 삶의 주인공은 없는 건가? 나는 우정 팔찌를 가만히 내려다봤다. 그리고 거리를 봤다. 그러면, 저 거리의 사람들처럼 평범하게 살까? 저 사람들에게 '엄마'라는 존재는 무엇일까? 더 이상 생각을 할 수 없을 만큼 머릿속이 가득 차 버렸다. 나는 엄마가 될 거야. 나는 주인공이 되지 못했지만 다른 사람의 주인공이 되게 만들 거야. 그리고 '엄마'와 '주인공'의 뜻을 찾을 거야. 신덕순은 '주인공'이 되지 못했으면서 '엄마'였다. 엄마는 주인공인가?

엄마에 대한 추억의 조각들

외계인 엄마

명덕초 **김서율**

1. 탐정 엄마

맨날 찾을 때만 없다.

"엄마!!"

내가 엄마를 부른다.

"왜 불러?"

엄마가 대답한다.

"엄마, 내 리코더 어디 갔어? 학교에 가져가야 한단 말이야."

"그러게. 준비물 진작 안 챙겨 두고 뭐했어! 리코더 두 번째 서랍 안에 있잖아! 그리고 빨리 학교 갈 준비해."

진짜 엄마는 대단하다. 물건이 어디에 있는지 정확하게 알려준다. 참 이상하다. 꼭 외계인 같다.

2. 변덕 엄마

내가 아침부터 휴대폰을 보고 있었다.

"엄마."

엄마한테 안 들리겠지? 휴대폰 소리 정도로 엄마를 불러본다.

달칵.

문이 열렸다. 망했다.

"아침부터 휴대폰이나 하고 있어? 휴대폰 이리 내!!! 휴대폰 말고 책이나 읽어! 너 숙제는 했어?"

아침부터 잔소리 폭탄이다. 마음 한편으론 미안하기도 하지만 아침부터 엄마의 기분이 안 좋아 보인다.

오늘 아침 엄마가 맛있는 걸 해주었다. 맛있었다.

"오늘은 잘 먹네. 이쁘다~"

또 그새 기분이 좋아졌나 보다. 참 이상하다. 꼭 외계인 같다.

3. 편식 엄마

엄마가 소시지를 가지고 왔다.

"엄마! 땡큐~ 아싸 소시지다!!"

어떻게 가지고 왔는지는 모르겠지만 내가 제일 좋아하는 간식이 소시지인데 어떻게 알고 가지고 왔을까?

"맛있겠다."

"안 돼. 밥 먹고 먹어."

맨날 밥 먹고 먹으라 한다.

밥 먹고 나서…

"엄마 나 이제 먹어도 되지?"

"그래 먹어."

"근데 엄마, 엄마는 안 먹어?"

"엄마는 소시지 싫어해."

맨날 초콜릿, 아이스크림, 소시지 다 싫단다. 그럼 엄마는 좋아하는 게 뭘까? 그리고 어떻게 소시지를 싫어할 수 있을까? 참 이상하다. 꼭 외계인 같다.

4. 용감 엄마

벌레다. 내가 제일 싫어하는 벌레. 벌레 중에도 내가 제일 싫어하는 모기다!

"엄마아!"

내가 엄마를 부른다.

"왜!"

엄마가 또 대답한다.

"여기 모기, 모기!!"

"모기 좀 잡아. 엄마 지금 바빠."

"아… 나 못 잡아. 안 보여."

"정말… 엄마 바쁜데… 비켜봐봐."

엄마가 신문지를 들고 내 방에 들어가서 문을 닫았다. 이제 내 방엔 엄마랑 모기밖에 없다.

탁!! 신문지가 벽에 부딪히는 소리가 들린 후, 엄마의 목소리가 들린다.

"잡았다!"

엄마는 참 이상하다. 내가 못 잡는 벌레를 잘만 잡는다. 꼭 외계인 같다.

5. 천재 엄마

수학학원 숙제를 한다. 근데 6번 문제에서 막혔다.

"엄마~ 나 좀 도와줘어!"

내가 또 엄마를 부른다.

"왜 또….”

엄마가 귀찮은 듯한 말투로 대답한다.

"나 숙제 좀 도와줘!"

엄마가 일어서는 듯한 소리가 들리고 이내 슬리퍼 소리가 들린다.

"몇 번인데?"

"6번."

엄마가 문제를 푼다. 난 오래 걸릴 것이라고 예상했지만 내 예상은 보기 좋게 빗나갔다. 엄마가 문제를 풀었다. 답은 맞았다! 그리고 나에게 설명을 하기 시작했다.

"그러니까 이 문제는 이걸 묻는 거고 그러니까 이렇게 풀면 풀리잖아. 이걸 왜 못 풀어!!"

참 이상하다. 분명 안 풀렸는데 왜 이렇게 잘 푼다. 꼭 외계인 같다.

6. 알뜰 엄마

덥다. 너무 덥다.

"엄마! 선풍기 틀어도 되지?"

내가 엄마에게 묻는다.

"안 돼. 머리카락부터 묶어."

그래서 난 머리카락을 하나로 묶었다. 근데도 더웠다.

"엄마! 이제 선풍기 틀어도 되지?"

"안 돼. 창문부터 열어봐."

그래도 더웠다.

"엄마! 이제는 진짜 선풍기 틀어도 되지?"

"안 돼. 그냥 가만히 있으면 시원해. 네가 자꾸 돌아다니니까 그러지!"

참 이상하다. 분명 덥고 더운데 어느 부분에서 시원하다는 걸까? 꼭 외계인 같다.

엄마에 대한 추억의 조각들

7. 내 탓 엄마

엄마 얼굴을 보았다. 주름이 졌다.

"엄마."

"왜."

"엄마 얼굴에 주름!"

"주름졌지! 이게 네가 엄마 말을 안 늘어서 그런 거잖아."

난 이해를 할 수가 없다. 난 나 나름대로 엄마 말 잘 들었는데… 아닌가? 하여튼 내가 말 안 들은 거랑 주름진 거랑 도대체 무슨 관련이 있는 걸까? 참 이상하다. 꼭 외계인 같다.

8. 안 돼 엄마

"엄마!~"

내가 또또또또 엄마를 부른다.

"또 왜~!"

엄마는 매우 귀찮은 듯한 목소리로 대답한다.

"나 아이스크림 먹는다아!"

아이스크림이 먹고 싶었다. 근데 엄마는 내가 아이스크림 먹는 게 싫은가 보다.

"안 돼. 요즘에 단 거 너무 많이 먹었어. 배고프면 바나나 먹어."

"힝… 그럼 나 폰 좀 할게."

"안 돼. 폰 말고 도서관에서 빌려온 책 좀 읽어~!"

"힝… 근데 나랑 보드게임 같이하자."

"안 돼. 엄마 지금 바빠."

뭐든지 다 안 된다고 한다. 그럼 되는 건 뭘까?

9. 투시 엄마

숙제를 하고 있다. 재미가 없다. 딴짓 조금만 할까?

"엄마….'

엄마한테 안 들리겠지? 휴대폰 소리 정도로 엄마를 불러본다. 그때

"딴짓 하지 말고 빨리 숙제해!"

"허걱!"

어떻게 알았을까. 엄마는 보지 않아도 알고 있다. 참 이상하다. 엄마는 꼭 외계인 같다.

10. 비밀 엄마

엄마랑 아빠랑 대화를 하고 있다

"엄마."

"왜?"

"아빠랑 무슨 얘기 해?"

"네가 몰라도 되는 얘기."

내가 몰라도 되는 얘기가 어찌나 많은지 맨날 몰라도 되는 얘기다. 나도 가족의 한 구성원인데 없는 거 같다.

엄마는 내가 외계인 같다고 한다. 엄마는 지구별에 잘살고 있었는데 내가 엄마에게 찾아와서 귀찮게 하고 있다 한다. 이해가 안 간다. 외계인은 엄만데. 참 이상하다.

잔소리? 고마움!

명덕초 **윤성현**

지금은 오후 8시 숙제하라고 잔소리를 듣는다.

지금은 밤 12시 빨리 자라고 잔소리를 듣고, 잠에 든다.

지금은 아침 7시 일어나야 한다. 하지만 귀찮다.

그래서 계속 자려고 했지만 이상한 목소리가 들려왔다.

"일어나…", "일어나!"

엄마의 목소리였다. 그러곤 내가 말했다.

"5분만…."

'5분 정도는 괜찮겠지.'라고 생각했지만 하지만 억지로 일어난다.

나는 툴툴대며 일어났다. 솔직히 5분이 얼마나 차이 난다고.

그래서 나는 짜증이 났다.

아무튼 학교에 가서 공부를 하는데 잠이 온다. 그때 빨리 자라고

잔소리 들었던 어제가 생각난다. 그리고 빨리 자라는 게 잔소리가

아니라는 걸 깨달았다.

그리고 학원이다. 노느라 숙제를 못해서 숙제를 내지 못해서

선생님께 꾸중을 들었다.

나는 깨달았다, 그건 잔소리가 아니었다는 것을.

나는 오늘따라 엄마가 고맙다.

땀

삼덕초 **귀시후**

열심히 일한 어머니의 이마에
땀 한 방울이
떨어진다

하지만
이마에 흘린
땀과 달리
어머니의 표정은
누구보다도 행복한 표정이다

어머니는 이상하다
땀이 나는데
왜 행복할까?

아, 어머니는 우리를 위해 일하는 것이
힘들지만 보람 있고 즐거운 것이다

땀이 나도 즐거운 어머니, 존경스럽다

엄마에 대한 추억의 조각들

 **'엄마에게'를 읽고**

삼덕초 **김수아**

줄거리 : 주인공 가용이는 6. 25 전쟁 당시 가족과 남쪽으로 피난을 가던 중 엄마와 동생들과 헤어지게 되었다. 가용이는 나이가 들고 아버지 장기려는 하늘로 가셨다. 가용이는 늘 어머니를 그리워한다. '남북 이산가족 만남'을 통해 어머니를 만난다.

나의 감상 : 6. 25 전쟁 때문에 엄마를 잃은 주인공이 안타깝다.

느낀점 : 6. 25 전쟁과 같은 전쟁은 다시는 일어나면 안 된다.

천지해 - 어머니 편

삼덕초 **김서준**

타다다다 닥!

누군가가 뛰어가고 있다

따라가 보니 어떤 세상이 펼쳐진다.

다다다다다다

뛰어가는 사람은 다름 아닌 1대 황룡이다.

지율 : 어머니 제발 나타나 주세요. 부탁이에요 엉엉.

(어머니를 만나기 위해 명계로 가는 문을 연다.)

슈파아아

연옥 : 요새 명계가 시끄럽네….

(연옥 앞에 문이 열리고 지율이 나타난다.)

연옥 : 지율 무슨 일이야!!

지율 : 흐흑 우리… 엄마… 꽃나무가….

연옥 : 뭐라고!! 당장 류을 찾아가야!!

지이잉

(어느 들판 황룡들과 주작들이 놀고 있다.)

(천천히 황룡과 주작이 괴수의 모습에서 사람으로 돌아온다.)

류 : 연옥님에게서 메시지가 왔어요!!

엄마에 대한 추억의 조각들

연호, 심청, 홍시, 시화, 연두, 설원, 청명, 단풍, 광휘 : 뭐라고!!!

연호 : 우리가 흰나무를 구해야 해!!

며칠 뒤

연호 : 경린님, 혹시 흰나무 못 봤어요?

경린 : 아, 본 적이 있다. 주작들하고 가고 있겠네.

경린 : 그런데 니 흰나무는 와 찾나?

연호 : 꽃나무가 실종되었습니다.

경린 : 얼음 산에 있을지도 모르겠구마.

경린 : 추울지 모르니 이거나 걸치고 다녀온나.

또 며칠 뒤

시화 : 이런 상처가… 아무래도 저는 못 갈 것 같아요.

연두 : 그럼, 우리끼리 가지 뭐.

설원 : 내가 부축해 줄 테니 같이 가요.

시화 : 네.

(얼음산에 도착한다.)

홍시 : 앗, 저기 저거 흰나무 아니야?

청명 : 어? 그런가?

단풍 : 난 잘 안 보이는데?

지율 : 으아앙 엄마아앙

흰나무 : 그래그래. 우리 아들 외로웠지. 이제 엄마랑 같이 있자.

지율 : 네… 흑흑.

이렇게 흰나무 사건은 마무리되었으며 앞으로는 이런 일이 일어나지 않도록 천계에서는 경계를 강화하였다.

온 세상의 엄마들을 사랑하고 동경합니다.

엄마에 대한 추억의 조각들

엄마를 구하자

삼덕초 **박지용**

이 세상 모든 것의 엄마
그 모든 것들을 품을 수 있는 엄마였는데…

"엄마, 왜 이렇게 열이 나?"
"엄마, 푸른 피부가 왜 이렇게 어두워졌어?"
"엄마, 괜찮은 거 맞아?"

엄마가 아픈데…
엄마를 치료해 주고 살려 줘야 되는데…
엄마를 구해야 해!

엄마를 위해 푸른 나무를 심자!
엄마를 위해 이산화탄소를 줄이자!
에너지도 아껴 써야 해!

엄마의 피부가 푸르러지고
엄마의 온도가 다시 내려가고

그렇게 엄마가 다시

웃을 수 있을 때까지 말이야!

엄마에 대한 추억의 조각들

 엄마란?

삼덕초 **안시혁**

엄마는 따뜻하다
왜냐하면 엄마니까

엄마는 나를 안아 준다
왜냐하면 엄마니깐

엄마는 가족 모두 사랑하신다

 우리 엄마

삼덕초 이의석

우리 엄마의 목소리는 잘잘 졸졸
멈추지 않는 흘러내리는 시냇물
잔소리할 땐 회초리처럼 따끔하고
칭찬할 땐 강아지풀처럼 살랑살랑 나를 간지럽힌다

내가 몰래 무언가를 하고 있을 땐
귀신처럼 나타나고
거짓말을 할 땐
내 머리 속에 들어와 본 것처럼
모든 걸 꿰뚫어 보는 우리 엄마

내가 기분이 좋을 땐
함께 신나게 놀아주고
내가 기분이 안 좋을 땐
좋은 충고와 마음이 따뜻해지는 말로
포옹해 주는 우리 엄마

우리 엄마 사랑해요!

엄마에 대한 추억의 조각들

엄마의 존재

삼덕초 이재윤

싸우기도 하지만
없어선 안 되는 엄마

가끔 짜증나기도 하지만
없어선 안 되는 엄마

나를 행복하게 해주기 때문에
있어야 하는 엄마

다투기도 하지만
친한 적이 더 많은 엄마

내가 있기 때문에
있어야 하는 엄마

엄마 사랑해요

엄마

종로초 이준명

엄마의 잔소리
엄마의 잔소리는 나의 세상
가끔은 짜증나지만 사랑스러운 말
어떤 날엔 따뜻한 위로가 되고
또 어떤 날엔 귀찮은 소리가 되기도

엄마의 교훈
늘 내 곁 생각 없이 걷다 들리는 목소리
가르침은 깊은 사랑을 담고
마음 속 귀한 보물 같은 말씨

그리움의 간절함
엄마의 그리움이 점점 더 커져,
돌아가고 싶어도 돌아갈 수 없는 곳
마주하고 싶은 그 따스함,
끝없는 사랑을 담아 지금 이 자리

엄마의 사랑

엄마의 사랑은 잔소리 속,

매일 귀찮아도 감사한 말

영원히 곁에서 지켜주는

그 마음 속 깊은 사랑의 빛

엄마의 품

엄마의 품은 너무나 따뜻하다

내가 엄마의 품에 있을 때도 아닐 때도

언제 어디서든 내 마음속

엄마의 품은 너무나 따뜻하다

엄마에 대한 추억의 조각들

4 모임
마음을 담은 선물

목차

엄마

공산초 **장도율**

봄날 햇살처럼 따뜻하게 품어 주는 엄마
큰 나무처럼 기댈 수 있는 버팀목 같은 엄마
크고 단단한 바위처럼 강하고 든든한 엄마

넓은 바다와 같이 마음이 넓고 깊은 엄마
어두운 밤에 달처럼 험한 세상을 헤쳐 나갈 수 있도록
최선을 다해 사랑을 주는 엄마

엄마의 사랑은 항상 봄이다

엄마에 대한 추억의 조각들

엄마께

공산초 이인서

엄마께

엄마, 저 인서예요.

제가 요새 엄마께 짜증도 자주 내고 말도 잘 안 들었죠?

저도 사춘기가 왔나 봐요.

짜증 안 내려고 노력해도 엄마가 이거 해라 저거 해라 하니

참기가 힘들어지더라구요.

별거 아닌 일 가지고 짜증만 내서 엄마도 많이 속상했을 건데 죄송해요.

언젠간 말 잘 듣는 아이가 될 수 있도록 노력할게요.

엄마의 말을 잘 듣고 싶은 인서가.

 우리 엄마

봉무초 **원아윤**

우리 엄마는
나를 위해 밥해 주고
나를 위해 청소해 주고
나를 위해 잔소리해 주고
나를 위해 마중나오는
그런 사람입니다

엄마에 대한 추억의 조각들

엄마

봉무초 채제윤

우리 엄마는 정말 잘하는 게 많다.

엄마는 일단 요리를 참 잘하신다. 엄마가 만든 요리는 정말 다 맛있다. 얼마 전에 친구들이 집에 놀러 오려고 계획하고 있었다. 그런데 엄마가 피자와 탕수육, 스파게티, 불고기, 떡볶이를 해준다고 하셨다. 피자와 탕수육은 냉동 음식이지만 스파게티와 불고기, 떡볶이는 엄마가 직접 하는 거라서 친구들이 맛이 없다고 할 수도 있어서 살짝 걱정이 되었다. 하지만 걱정과는 다르게 친구들이 엄마가 한 음식이 특히 맛있다고 불고기, 떡볶이를 계속 먹었다. 우리 엄마가 만든 음식을 친구들이 이렇게나 맛있게 먹어서 너무 기분이 좋았다.

엄마는 또 사회, 국어, 과학을 잘한다.

나는 과학은 잘하는데 사회와 국어는 좀 못한다. 그래서 사회와 국어 문제를 집에서 풀 때 틀리거나 모르는 문제가 자주 나온다. 그럴 때마다 엄마가 내 옆에서 사회 공부와 국어 공부를 도와주신다. 공부를 할 때 내가 너무 이해를 못 하거나 집중을 잘 안 할 때 엄마한테 혼나긴 하지만 우리 집에서는 엄마가 사회와 국어를 잘해서 계속 엄마와 공부를 해야 한다.

그리고 엄마는 바느질과 뜨개질을 정말 잘하신다.

친구들은 밖에서 놀다가 넘어지거나 그냥 뛰다가 넘어져서 옷이 찢어질 때가 있다. 그럴 때마다 다른 집에서는 수선집에 가거나 그냥 옷을 버리는 경우가 있다. 하지만 우리 엄마는 바느질을 정말 잘하셔서 옷이 찢어지면 수선집에 돈을 내고 옷을 꿰맬 필요도 없이 엄마가 꿰맨다. 내가 옆에서 엄마가 바느질하는 걸 볼 때 진짜 어떻게 하는지 모르겠다. 그런데 엄마는 바늘을 막 옷에 집어넣더니 마지막에 쑥 당겼다. 그랬더니 놀랍게도 갑자기 눈에 보이던 실이 없어지면서 찢어진 옷의 부분이 감쪽같이 사라졌다. 나는 그걸 보고 엄마가 참 대단하다고 느꼈다.

그리고 엄마는 심심할 때 종종 뜨개질을 하신다. 뜨개질할 때 뜨개실 구멍에 엄마가 코바늘을 집어넣어서 막 뜨개질을 하면 가방이 만들어진다. 내 눈에는 그 가방이 정말 멋있는데 엄마는 만든 가방이 별로라고 뜨개실을 푼다. 나도 엄마가 가지고 있는 뜨개질하는 능력을 갖고 싶다.

그래서 저희 엄마는 정말 최고입니다.

엄마에 대한 추억의 조각들

 엄마는 불

엄마는 불이다
내 마음을 따뜻하게 데워주는 불

엄마는 이불이다
모든 걸 안아 주는 이불

엄마는 등불이다
내 길 앞을 밝혀 주는 빛

엄마는 불꽃놀이다
볼 때마다 나를 행복하게 해주는 불꽃놀이

엄마는 불씨다
더 큰불을 낼 수 있게 도와주는 작은 불

엄마

봉무초 **이범무**

엄마는 매일 공부하라고 한다
엄마는 매일 책을 보라고 한다

나는 매일 공부를 미룬다
나는 매일 책을 안 본다

엄마는 매일매일 하라고 하지만
나는 매일매일 안 한다

엄마에 대한 추억의 조각들

지금 우리 엄마는

봉무초 **김준서**

오늘도 학교를 마치고 친구들과 PC방을 갔다. 근데 어쩐지 오늘은 기분이 좋지 않아 20분만 하고 집으로 왔다. 우리 엄마는 아직 공장에서 안 돌아오셨다. 갑자기 폰에서 톡이 왔다. 내 친구 대용이다.

"야, 너 왜 오늘 피시방에서 나감? 뭔 일 있는 줄ㅋㅋㅋ"

녀석이랑은 3년째 같은 반이라서 나랑 무척 친하다. 답장은 짧고 굵게.

"그냥."

나는 말이 없는 편이다.

현관문 열리는 소리가 났다. 누나다. 우리 가족은 나, 누나, 엄마뿐이다. 아빠는 내가 2살 때 돌아가셨고, 엄마가 거의 모든 집안일과 돈 버는 일을 동시에 하고 있어서 항상 바쁘다.

하지만 엄마의 열정으로 우리 집은 평범하게 살고 있다. 엄마는 대부분의 날에는 10시에 집에 오시고 누나와 나는 학원을 마치고 알아서 밥을 먹는다.

또 톡이 왔다.

"야, 빨리 학원으로 와!!!!!!!!!!!!!!!!!!!!!!!"

아 참, 대용이와 나는 같은 학원이다.

학원이 3시 30분. 지금은 3시 27분.

빨리 안 뛰면 쌤한테 혼난다. 뛰어갔는데 윽, 3시 34분에 도착. 다행히 대용이도 1분 지각이어서 외롭지는 않다. 끝나고 단어 30개 더 외우고 집에 왔더니 5시 23분.

오늘은 영어 학원밖에 없어서 지금부터는 자유다. 대용이와 게임을 하려고 톡을 보냈다.

"야, 바로 코스내틱 접속해라."

코스내틱은 온라인으로 접속해서 전 세계 사람들과 플레이하는 서바이벌 게임이다. 다른 게임보다 디테일이 살아 있어서 요즘 인기가 많다.

"ok"

대용이가 내가 만들어 놓은 방에 접속했다. 캐릭터를 고르고 게임을 시작하려는 찰나에,

"야, 너 심부름 좀 갔다 와."

누나가 나한테 말을 걸었다.

"싫어. 나 지금 게임 하고 있단 말이야."

"안 하면 너 엄마한테 영어 지각한 거 말한다."

하여튼 누나는 협박 하나는 전교 1등이다.

"알았어. 빨리 가면 되지."

나는 엄마가 남겨둔 심부름 돈을 가지고 현관문을 나섰다. 오랜만에 집 밖 공장 쪽 마트를 가려고 했는데, '아차!' 뭘 살지도 안 물어보고 왔다. 다시 집으로 돌아가고 있었는데, 대용이를 만났다.

"야, 오늘 게임에서 나간 거 미안하다. 누나가 심부름을 시켜서."

그러자 대용이가 물었다.

"너네 집은 왜 누나가 심부름을 시켜? 보통 엄마가 시키지 않아?"

애한테는 아직 우리 집 형편을 말해 주지 않았다.

"아, 그런 일이 있어."

엄마에 대한 추억의 조각들

그러곤 재빨리 집으로 갔다.

집에서 누나한테 심부름이 뭐냐고 묻자 라면 4개 사오라고 했다. 다시 마트를 가는 길에 공장에서 엄마를 봤다. 어두운 곳에서, 매연 때문에 숨도 막히고 앞도 잘 안 보이는 그곳에서, 시커먼 연기 때문에 숨도 막히고 더운 곳에서, 시커먼 가루를 뒤집어쓴 채로 일을 하고 있는 엄마를 보았다. 엄마가 공장에서 일을 하더라도 이렇게 힘든 곳에서 일을 하고 있을 줄이야. 나는 이때까지는 엄마가 쾌적한 곳에서 업무를 하는 줄로만 알았다. 나는 충격에 휩싸여 그 자리에 꿈쩍도 안 하고 가만히 있었다. 엄마가 우리를 위해서 여태까지 말을 안 한 것일까?

그때 엄마가 나를 봤다. 그리고 천천히 내 쪽으로 걸어왔다. 나에게 어떤 말을 했지만 들리지 않았다. 아니, 듣고 싶지 않았다. 자신의 비밀을 아들에게 들켜버린 엄마의 기분은 어떨까? 그리고 나에게 어떤 말을 했을까?

엄마

봉무초 **김민찬**

어머니의 사랑은 하늘처럼 높고 깊어서,
한없이 흐르는 강물처럼 넘치네
어둠 속에서도 밝은 등불이 되어,
나를 비추며 삶의 길을 열어 주네

아무리 힘들고 어려운 날이 와도,
어머니의 손길이면 걱정이 녹아내려
쓸쓸한 밤이면 언제나 내 곁에,
따뜻한 얘기와 함께 있네

엄마에 대한 추억의 조각들

 우리 엄마

봉무초 **전소율**

항상 고마운 우리 엄마
어떨 땐 밉지만 항상 고마운 우리 엄마
화를 내도 좋은 우리 엄마
슬플 때 위로해 주는 우리 엄마
날 챙겨 주는 착한 우리 엄마
지금도 보고 싶은 우리 엄마

 우리 엄마

봉무초 **안지환**

엄마 엄마 우리 엄마 샤워기 같은 우리 엄마
집에 오고 금방은 따뜻한 물처럼 포근하다가
엄마랑 공부하며 휘리릭 식더니
어느덧 맹물에 가까워지더니
야, 그것도 몰라?!!! 보일러처럼 바로 차가워지는 우리 엄마

엄마 엄마 얼음 같은 우리 엄마
아침에는 막 꺼낸 얼음처럼 활기 충천됐다가
학교 갔다 오면 조금 녹았더니
자기 전엔 녹을랑 말랑 기진맥진

난, 이런 우리 엄마 좋아 우주 천지만큼 좋아 아! 아빠도~

엄마에 대한 추억의 조각들

엄마

봉무초 **강승헌**

방긋방긋 매일매일 웃어 주는
우리 엄마 해님

지글지글 요리해 주는
우리 엄마 요리사

"이게 무슨 짓이니?"라고 하며 화내는
우리 엄마 악마

엄마한테 사과하고 사과를 받아 주면
우리 엄마 정말 정말 착한 천사

엄마야!

봉무초 **김소윤**

엄마야!
벌레 보고 놀라서 부르는 이름

엄마야!
돌부리에 걸려 넘어질 때 부르는 이름

엄마야!
벽에 부딪힐 때 부르는 이름

엄마야!
일상 속에 자연스럽게 녹아 있는 이름

이래서 엄마가 필요한가 보다

엄마에 대한 추억의 조각들

# 오늘 어머니와 싸웠다

봉무초 안서준

화가 나 방문을 쾅
이불에서 슬퍼 눈물 또르르

너무나도 착한 엄마
그런 엄마 마음에 못을 박은 건 아닐까
미안해 눈물 또르르

두 감정은 전쟁을 하니
시간만 흘러가네

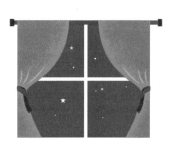

엄마

봉무초 이동훈

엄마… 학교 가라 한다
엄마… 학원 가라 한다
엄마… 숙제 하라 한다
엄마… 밥 먹으라 한다

너무 힘들다

하지만… 날 걱정해 준다

엄마에 대한 추억의 조각들

엄마의 말뚝 어머니께

봉무초 **이승환**

안녕하세요? 저는 이승환입니다.

어머니가 자식들에게 최선을 다하는 모습이 대단했습니다.

그런 어머니의 모습을 보고 사랑이라는 단어가 떠올랐습니다.

어머니도 이런 사랑을 많이 받으시기를 바랍니다.

2024. 7. 20.

승환 올림

엄마

봉무초 **조수인**

우리 엄마는 엄마도 아프고 나도 아플 때도 늘 나를 먼저 생각해 주신다.

혹시나 다칠까 혹여 아플까 늘 걱정이란 걱정은 다 하면서 그렇지 않은 것처럼 하는 엄마가 늘 고맙고 감사하다.

나는 엄마가 혼을 내면 화가 나 울기도 하는데 엄마 생각은 전혀 하지 않은 것 같다. 그래서 죄송하다는 말을 늘 먼저 못해 그게 마음에 걸렸다. 하지만 이젠 엄마에게 죄송하다는 말을 먼저 하고 있다.

엄마도 엄마는 이번이 처음이지만 멋지고 늘 책임감 있게 다 해내는 우리 엄마. 나는 커서 꼭 그런 엄마가 되고 싶다. 엄마 늘 감사하고 사랑해요.

 # 엄마의 잔소리

봉무초 **권다은**

우리는 엄마의 말을
잔소리라고 생각한다

청소 좀 해라
정말 내 방이 더럽다는 것

공부 좀 해라
포기가 아닌 노력을 배우라는 것

그만 좀 자라
의미 있는 하루를 살아보라는 것

빨리 좀 와라
언제나 나를 걱정하고 있다는 것

하지만 이것은 우리의 착각이다
결론은 엄마는 우리를 사랑하고 있다는 것이다

봉무초 이도윤

어떨 때는 천사같이 고운 목소리로
나를 칭찬하고 어떨 때는 무서운
호랑이처럼 변하여서 나를 혼을 내어도
나는 항상 감사해요

엄마에 대한 추억의 조각들

 # To. 엄마에게

봉무초 **배성현**

엄마 안녕하세요? 저 성현이에요.

먼저 엄마한테 감사드릴 일이 너무 많은데, 말하기가 쑥스러워서

이렇게 편지로 써요.

먼저 절 낳아 주시고, 항상 절 위해 많은 도움과 힘을 주셔서

정말 감사해요. 그리고 매일 엄마한테 반항하고 짜증내서 죄송해요.

제가 그 버릇은 고치도록 꼭 노력할게요.

그럼 이만 편지를 마칠게요.

사랑해요!!

2024년 7월 22일

성현 올림

 엄마는 힘들어

지묘초 이주원

엄마는 힘들어

엄마는 우리에게 밥을 해주시지만 엄마는 힘들어

엄마는 옷을 빨아 주시지만 엄마는 힘들어

엄마는 옷을 사 주시지만 엄마는 힘들어

하지만 엄마는 자랑스러워

엄마는 항상 좋은 일만 하셔

엄마에 대한 추억의 조각들

 그래도 내 곁에 있는 엄마

지묘초 이서은

내가 집에 오면 우리 엄마는
"옷부터 갈아입어."
"밥 먹어."
"씻고 나와."
"숙제 빨리 해."
엄마 잔소리에 괜스레 화내본다
"엄마 내가 알아서 할게!"
엄마에게 소리 지르고
정말 싫어하는 것처럼 대해도
내가 아플 때 내가 슬플 때
늘 곁에 있어 준 엄마에게
조금은 미안한 마음이 든다

 엄마는 말한다

팔공초 **김노아**

엄마는 말한다
공부해라

나는 말한다
하기 싫어요

엄마는 말한다
일찍 자고 일찍 일어나라

나는 말한다
늦게 자고 늦게 일어날래요

엄마는 말한다
숙제 얼른 해라

나는 말한다
숙제 나중에 할게요

하지만 엄마는 말한다
사랑한다

엄마에 대한 추억의 조각들

엄마의 도시락

팔공초 **김주원**

즐거운 현장체험
친구들이 내 도시락만 보면
우와! 우와!

내 도시락은 마치 자연농장!
여러 가지 과일과 채소
어우러져 있지요

탄단지! 탄단지!
엄마의 사랑이 듬뿍 담긴
My 도시락

 엄마의 따뜻한 잔소리

해서초 **김준호**

엄마가 나한테 잔소리를 한다

숙제 해

밥 먹고 게임 해

청소 해

엄마는 나한테 맨날 잔소리를 한다

맨날 듣고 있는 나는 맨날 폭발할 것 같은 마음을 억누르고 참는다

안 참을 수도 있지만 나는 그 사실을 알고 있으니깐

전부 다 나한테 도움이 되려고 하는 얘기인 것을 나는 알고 있으니깐

나는 참고 잔소리를 듣는다

엄마에 대한 추억의 조각들

 # 마법의 주문

해서초 **홍채민**

엄마! 하고 외치면
달려와 꼬옥 안아 주고

엄마! 하고 외치면
금세 밥을 뚝딱 차려 주고

엄마! 하고 외치면
별빛같이 찬란한 밤에 자장가를 흥얼거리는 것을

당연하게 여겼던
나는

그제야 알아버렸다

엄마! 가 당연하지 않은
따뜻하고 포근한
마법의 주문인 것을

❀ 나의 일기 속 엄마

2024년 6월 25일 화요일

제목 < 휴, 학교에 갔다. >

아침에 일어나 보니 열이 정상이어서 학교를 갔다. 그런데 하필 오늘 씨름을 한다는 것이다. 선생님께서는 나를 말리셨지만, 결국 나는 씨름을 했다. 그리고 완벽하게 졌다. 나는 너무 민망해서 상대 친구에게 "나는 장염이어서 져 준 거야."라고 말을 했다. 그런데 체육을 마치고 교실로 오는데 너무 어지럽고 배가 아픈 것이다. 일단 누워도 보고, 엎드려도 보고 해도 아파서 결국 아픈 대로 참고 수업을 했다.

드디어 학교가 마쳤다! 그래도 방과후가 두 개여서 가장 피곤한 날이었다. 그래도 이젠 내가 나아져서 다행이다.

✏️ 오늘의 교훈 : 엄마 사랑해요. 이제 다 나았어요.

2024년 6월 27일 목

제목 < 마라탕 1.5 >

오늘 마라탕 먹었어! 1.5단계라 아주 맵지는 않았지만 쫌 매웠어. 그래도 괜찮아! 다행히 마라탕이 땡겼었는데 장염이 나았고 엄마가 또 사

120   엄마에 대한 추억의 조각들

주셔서 행복해~~. 장염 때 엄마가 너무 걱정해 주고, 마라탕도 사 주고, 매일 잔소리를 하면서 나를 걱정해 주고 말이야,

 오늘의 교훈 : 엄마 말을 잘 들으면 자다가도 떡이 생긴다.

🌸 엄마, 사랑해 미안해

해서초 **남서현**

나는 14살이고, 우리 엄마는 55살. 우리 엄만 나이가 너무 늙었다. 다른 친구들 부모님은 40대에서 30대까지도 있으신데 왜 우리 엄마는. 우리 엄마 나이를 친구들이 물어볼 때마다. 나는 말 못 한다. 항상 다른 이야기 주제로 넘긴다. 정말 엄마는 할머니다. 요즘 유행하는 것도 모르고…. 심지어 내가 좋아하는 아이돌 이름도 모른다. 그런 엄마를 나는 볼 때마다 한숨만 푹푹 나온다. 우리 엄마는 왜 이렇게 늙은 걸까? 나는 우리 엄마가 젊고, 유행도 잘 아는 그런 엄마였으면 좋겠다.

나는 잠이 들었다. 꿈에서는 젊은 우리 엄마와 내가 있었다. 우리 엄만 정말 유행도 잘 알았다. 꿈은 정말이지 생생했다. 엄마와 나는 뭐든지 잘 맞았다. 정말 친구처럼 편하고 자연스러웠다, 모든 것이. 엄마는 나를 정말 잘 알았다. 진짜 엄마는 점점 잊혀가고 있었다. 진짜 엄만 싫어지기 시작했다. 나는 꿈의 엄마가 좋아지기 시작했다.

그러다 잠에서 깼다.

엄만 아침부터 잔소리다. 매일 아침마다 골고루 먹어라, 빨리 일어나라, 숙제는 했니?, 밥 먹고 해라…. 수많은 잔소리들이 나를 밀쳤다.

나는 빨리 꿈의 엄마를 보고 싶어 잠에 빨리 들었다. 역시, 이번 꿈에서도 꿈의 엄마가 나왔다. 역시 잘 맞고 통하는 게 있는 꿈의 엄마, 아니 우리 엄마! 우리 엄마가 세상에서 최고다. 하지만 점점 '꿈'에서의 우리 엄마는 나와 안 맞기 시작했다. 학원도 무리할 정도로 보내고 온갖 고생이 시작됐다. 난 꿈이 아닌 진짜 우리 엄마가 보고 싶어졌다. 진짜 우리 엄마는 숙제를 덜 해도 나를 미워하지 않았다. 우리 엄마는 내가 짜증내도 엄만 나에게 부메랑을 날리지 않았다. 우리 엄마는 내가 말썽을 피우고, 말도 안 들어도 엄만 나를 오히려 사랑한다고 했다.

그리고 엄마의 잔소리와 함께 눈을 떴다. 나는 말했다.

"엄마, 사랑해."

엄마의 소중함을 알았다. 엄마는 하나고, 둘이 될 수도 엄마를 젊게 돌릴 수 없다는 걸 깨달았다. 나는 바보였을까? 그 어느 것도 과거로 갈 수 없다. 그게 물건이든 사람이든 동물이든. 내가 엄마에게 사랑한다고 말하자 엄마는 놀랐다. 엄마가 놀라는 건 당연한 걸까?

나는 엄마의 코부터 입까지 쭉 늘어진 주름도 나를 행복으로 이끌어주는 강이고, 눈가 주름은 나에게 웃어주기 위한, 나에게 미소를 띠기 위해 있는 주름이다.

나는 깨달았다.

엄마에 대한 추억의 조각들

5 모임

마음을 담은 선물

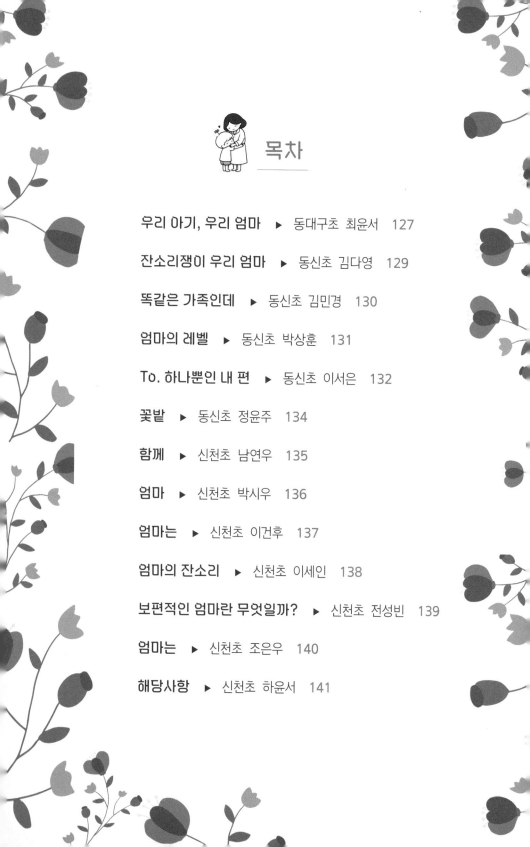

목차

🌿 우리 아기, 우리 엄마

동대구초 **최윤서**

우리가
칼같이 세게 화를 내어도,
우리가 폭탄처럼 갑자기 화를 내어도,
다 들어 주십니다
다 위로해 주십니다

가방도 챙겨 주고 학원도 데리러 가고,
하지만 나는 가버립니다
친구와 함께 먼저 가버립니다

주르륵주르륵
우리 엄마의 마음속에서
검은 기름이 나옵니다

엄마는 모른 척해도 나는 압니다, 압니다
그것이 엄마의 진짜 마음눈물이라는 것을

으앙앙

엄마도 아직 아기입니다

우리의 사랑이 있어야 하는 아기

엄마에 대한 추억의 조각들

 잔소리쟁이 우리 엄마

동신초 **김다영**

우리 엄마는 항상 말한다
"숙제해라."
"숙제 다 했니."
"공부해라."

다 공부 공부 공부…
"다 너 잘되라고 그러는 거야."

똑같은 가족인데

동신초 **김민경**

입양가정이라고
뭐가 다르나요
똑같은 가족인데

한부모 가정이라고
뭐가 특별한가요
똑같은 가족인데

다문화 가정이라고
뭐가 이상한가요
똑같은 가족인데

엄마에 대한 추억의 조각들

 # 엄마의 레벨

동신초 **박상훈**

엄마가 청소를 하시면
청소 레벨이 오르고
엄마가 요리를 하시면
요리 레벨이 오른다
그래서 할머니들은
청소와 요리를
엄청나게 잘하신다

To. 하나뿐인 내 편

동신초 이서은

엄마, 나 하나뿐인 딸 서은이야~

창의융합에서 엄마에 관한 글을 쓰라는데 어떻게 할까? 한참 고민하다가 엄마에게 편지를 쓰게 되었어.

요즘 엄마랑 나랑 이야기를 하다가 의견이 맞지 않아서 계속 싸우는 거 알지? 나도 내 맘과는 다르게 자꾸만 틱틱거리고 엇나가는 것 같아.

그래도 단 한 번도 엄마를 미워한 적은 없어. 정말 진심이야.

아무리 엄마가 화내도 엄마는 나의 하나뿐인 엄마니까. 비록 지금 내가 엄마 맘에 안 드는 행동을 해도 이해해 줘. 엄마 모르게 숙제도 잘 하고 선생님들도 입을 모아 칭찬하시고 친구들과도 사이좋게 잘 지내는 자랑스러운 딸이라고….

앞으로 노는 횟수도 줄여보고 공부도 더 열심히 할 테니까 너무 걱정하지 마.

더군다나 난 매번 엄마 생일도 못 챙기고 심지어 작년 엄마 생일 때도 친구랑 놀았는데 엄마는 항상 내 곁에 있어 주어서 고맙고 한편으로는 미안해.

엄마! 엄마는 내 베프이자 최고의 엄마이자 영원한 내 편이야. 친구처럼 불같이 싸울 때도 있고 엄마와 딸처럼 소소한 일상 얘기도 하고 영원히 내 편이라고 믿는 우리 엄마!

다음 생엔 내가 엄마의 엄마로 태어나 엄마 생일 때 맛난 미역국을 끓여 주며 엄마 곁에 있을게. 내가 받은 선물 중 최고의 선물인 우리 엄마! 항상 사랑하고 미안하고 고마워.

ps. 엄마! 요즘 저녁에 엄마랑 산책하면서 먹는 아이스크림의 달콤함과 후덥지근한 여름 밤 공기라도 엄마랑 함께여서 너무 재밌고 저녁이 기다려져. 오늘 저녁에도 또 만나!

From. 엄마의 영원한 편

꽃밭

동신초 **정윤주**

우리 가족은 꽃밭이야

아빠는 항상 우리의 버팀목인
든든한 나무

엄마는 항상 우리를 곁에서 지켜주는
꼭 필요한 꿀벌

동생은 우리 집에 웃음이 나게 해주는
행복을 전하는 세잎클로버

나는 보고 있으면 행복해지고
향기로운 형형색색 꽃
금세 져버리기도 하지만
곧 다시 피어나

가지각색 모두 달라도
모여서 화려하고 풍성한
꽃밭이 돼

엄마에 대한 추억의 조각들

함께

신천초 **남연우**

가장 아끼고, 가장 사랑하고
가장 소중한 엄마!
가장 아끼고, 가장 사랑하고
가장 소중한 나!

서로 좋을 때도 있지만
서로 티격태격
서로 화낼 때도 있지만
서로 사랑하고

서로 도와주고
서로 공감하며
서로에게 소중한
늘 함께 느끼는
엄마와 나!

엄마

신천초 박시우

우리 엄마, 우리 엄마, 우리 엄마
우리 엄마의 어렸을 적 시절
어땠을까

금호강에서 즐겁게 물놀이도 하고,
그러다가 나룻배도 주워서 타고 다니고,
친구들과 같이 고무줄놀이도 하고 놀았다

하지만 지금의 우리 엄마는……

매일 일하고
매일 집안일하고
우리 집의 가계를 책임지고

현실은 참 비참하다
그러니 우리는 효도를 하는 것이 어떨까?

엄마에 대한 추억의 조각들

엄마는

신천초 **이건후**

엄마는 나무이다
내가 할 일을 할 때
엄마는 도와준다

엄마는 바람이다.
내가 하고 싶은 것을 할 때
엄마는 할 수 있게 해준다

 엄마의 잔소리

신천초 이세인

"청소해라."
바람에 실려
살랑살랑 들려오는 엄마의 잔소리

"공부해라."
빗소리와 함께
주르륵 들려오는 엄마의 잔소리

그때는 귀찮았는데
지금 생각해 보니
모두 날 위한 소리였던 엄마의 잔소리

보편적인 엄마란 무엇일까?

신천초 **전성빈**

누군가는 보편적인 엄마를 '잘하면 칭찬하고 못 하면 혼내는 사람'을 보편적인 엄마라 말하고 또 다른 누군가는 보편적인 엄마를 '때에 따라 바뀌는 사람'이라 말했다.

그러나 나는 그렇게 생각하지 않는다.

내가 생각하는 보편적인 엄마는 내가 기댈 수 있는 사람이라 생각한다.

부모님은 우리가 성인이 될 때까지 키워주신다.

당연하게도 우리는 성인이 되기 전까지 부모님과 지내는 시간이 가장 많을 것이다.

그런 나에게 가장 믿음직한 사람은 누굴까?

바로 부모님이다.

누구보다 나를 잘 알고 누구보다 나를 사랑하는 부모님을 우리는 가장 신뢰한다.

그리고 어른이 돼서도 더 많은 사람을 만나고 그중에서도 더 믿음직한 사람들이 있을 것이다. 나는 내가 믿을 수 있고 신뢰할 수 있고 내가 기댈 수 있는 사람이야말로 보편적인 엄마라고 생각한다.

엄마는

신천초 조은우

"엄마, 밥 줘요."
"엄마, 내 핸드폰 어디 있어요?"
엄마는 무엇일까?

밥이나 주는 하인일까?
무엇이든 찾아주는 인공지능일까?
아니 아니야,

나를 챙겨 주는
나와 함께 있어 주는
그런 존재가 바로 엄마야

이렇게 엄마가
우리를 챙기는 이유는 뭘까?
엄마가 우리를
사랑하기 때문이야

엄마에 대한 추억의 조각들

신천초 **하윤서**

내가 좋아하는 사람인가?

나와 긴 시간 동안 같이 있었나?

내가 그 사람을 위해 희생할 수 있는가?

나를 소중하게 여기는 사람인가?

나에게 소중한 사람인가?

이렇게 생각해 보니 여기에 해당하는 사람은
엄마뿐이다.

엄마에 대한 추억의 조각들

6 모임

마음을 담은 선물

목차

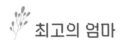 최고의 엄마

반야월초 **김민섭**

세상에는 아주 많은 엄마들이 있다
코끼리 엄마
백조 엄마
돼지 엄마
짱구 엄마
아인슈타인 엄마

하지만 이 세상 최고의 엄마는 누구일까?
아무도 모른다

하지만 정할 수 있다
난 나의 엄마가 최고
코끼린 코끼리 엄마가 최고
백존 백조 엄마가 최고라 말이다

난
우리 엄마 최고

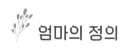# 엄마의 정의

반야월초 **김지우**

엄마의 정의는 무엇일까?

자식을 돌보는 사람?
집안일을 하는 사람?
밥을 하는 사람?
직장에서 일을 하는 사람?

아무도 엄마를 정의할 수 없다
하지만 한 가지의 공통점이 있다

엄마는 대단하시고
가족을 위해 항상 희생하신다

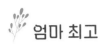
엄마 최고

반야월초 **박경준**

엄마는 호랑이
겁나 무서워서

엄마는 가수
목소리가 커서

엄마는 강아지
내 마음을 잘 알아서

엄마가 최고네

엄마에 대한 추억의 조각들

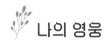

나의 영웅

새론초 **구태린**

우리 엄마 품은 한겨울의 햇살
차가운 바람 속에 피어난 온기
손끝에 스며든 따스함이
세상의 모든 품을 녹여 준다

우리 엄마 목소리는 봄비
조곤조곤 읽어 주는 책
고된 하루 끝에 듣는 목소리
내 마음을 녹여 준다

엄마의 손길은 여름 바람
해가 지고 어둠이 찾아도
그 따뜻한 손이 내게 전하는
변치 않은 사랑의 따스함이
나를 녹여 준다

엄마는 겨울의 따스함
어디서나 느낄 수 있는 집

엄마의 사랑이 있어
세상의 추위도 두렵지 않다
우리 엄마는 나의 영웅이다

엄마에 대한 추억의 조각들

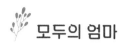 **모두의 엄마**

새론초 **김경원**

따가운 햇빛으로부터
나를 보호해 주는 나무 그늘

끝이 보이지 않는
넓은 바다, 태평양

숨을 쉬어 살아가게 해주는
깨끗한 공기

식물을 단단하게 감싸주는
보드라운 흙

나무, 태평양, 공기, 흙으로 엄마를 만들어 볼까?

어이쿠! 실수로 잔소리 대마왕을 넣어버렸네!
오. 마. 이. 갓!

신은 이렇게 엄마를 만들지 않았을까?

잔소리 대마왕이지만
나를 보호해 주고
태평양처럼 마음이 넓고
내가 살아갈 수 있는 원동력이 되어주고
내가 단단하게 자랄 수 있게 지지해 주는
그 이름도 위대한 엄마!

우리 모두의 엄마!
감사합니다! 사랑합니다!

엄마에 대한 추억의 조각들

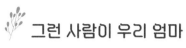# 그런 사람이 우리 엄마

새론초 **김시율**

나를 안아 줄 때
가장 행복해지고

나에게 화를 낼 때
가장 슬퍼지고

나에게 웃어 줄 때
가장 즐거워지게 만드는

그런 사람이
바로, 우리 엄마야

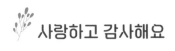

새론초 문석민

엄마,

사랑해요

엄마,

저를 낳아 주셔서 감사해요

엄마,

저를 키워 주셔서 감사해요

엄마,

따뜻한 집과 맛있는 밥을 해주셔서 감사합니다

그럼 안녕히 계세요

석민 올림

좀좀좀

새론초 **박서준**

좀 자라, 공부 좀 해라

잘 좀 해라, 책 좀 읽어라

좀 꺼라, 그만 좀 나와라

그냥 좀 해라,

빨래 좀 해라

좀좀좀 엄마는 지휘를 하고

좀좀좀좀 나는 연주하고

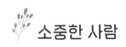

소중한 사람

새론초 **박지민**

내게는요
따스한 햇살 같은
소중한 사람이 있어요

내게는요
꼭 끌어안을 수 있는 인형 같은
소중한 사람이 있어요

내게는요
편안한 쉼터 같은
소중한 사람이 있어요

내게 가장 소중한 사람은
나의 햇살과 인형과 쉼터가 되어 주는
'엄마'입니다

가족

햇살이 비추는 아침
엄마의 손길, 아빠의 미소

함께 웃으며,
가족은 하나가 된다

작은 행복 모아,
큰 추억이 쌓이고

서로를 위하는 마음
가족이 있어 행복해

마음을 담은 선물_**6모임**   **157**

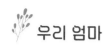 우리 엄마

새론초 **연지희**

엄마는 나의 선생님
나에게 세상을 가르쳐 줬으니까

엄마는 나의 핫팩
너무 슬퍼 얼어붙어 있을 때 나를 녹여 주니까

나는 엄마랑 있을 때
왜 기분이 좋을까
생각해 봤는데

아아,
알
겠
다
우리 엄마라서 그런가 봐

엄마에 대한 추억의 조각들

엄마

새론초 **이정진**

이불처럼
안아 주며

핫팩처럼
따뜻하다

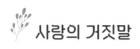

사랑의 거짓말

새론초 **이지흠**

헌신의 사랑,
그 뒤에 숨어 있는 거짓

엄마는
밥하고,
빨래하고,
또 일하고

아이는 말합니다
"엄마 힘들지?
내가 도와줄게."

엄마가 말합니다
"아니야. 엄마 괜찮아.
하나도 힘 안 들어."

아이를 사랑하는 마음으로,
엄마는 이렇게 거짓말을 말합니다

엄마에 대한 추억의 조각들

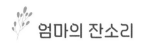 # 엄마의 잔소리

엄마의 잔소리는 속담이다
틀린 게 하나도 없으니까

엄마의 잔소리는 법이다
안 지키면 혼나기 때문이다

엄마의 잔소리는 애정이다
다 나 성공하라고 해주는 거니까

엄마에 대한 추억의 조각들

7 모임

마음을 담은 선물

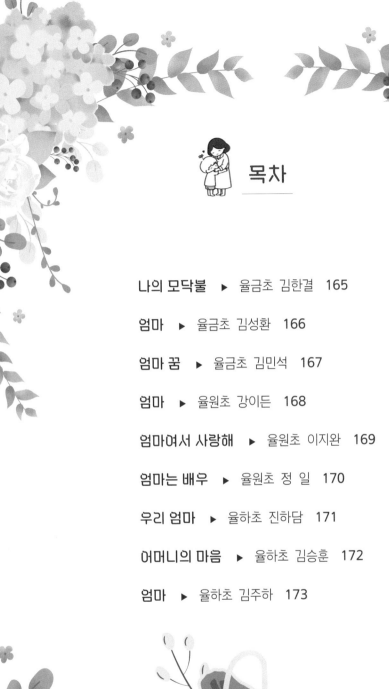

목차

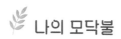 나의 모닥불

율금초 **김한결**

이 세상으로 나오기 전부터
나에게는 따스한 모닥불이 있다

나를 춥지 않게, 외롭지 않게
때로는 작은 불씨로 온화하게
때로는 뜨거운 불꽃으로 힘차게
언제나 내 곁을 지키는 나의 모닥불
우리 엄마

하지만 시간은 빨리 가고
나와 엄마에게도 정해진 시간이 왔고

그 따스했던 나의 모닥불도
불씨가 희미해져 사라질지 모른다

내가 비바람에도 끄떡없는 참나무 장작이 되어서
꺼지지 않는 모닥불로 만들 거다

엄마

율금초 **김성환**

엄마는 나에게 여왕

잔소리 여왕,
심부름 여왕,
집안일 시키기 여왕

이렇게 보면 내가 신하?

166

엄마 꿈

율금초 **김민석**

바닷바람이 솔솔 부는
파도 소리가 들리는
넓은 바닷가

그 위의 창이 큰 집
그곳에는 들려오는 노랫소리

그 안에서 책을 읽는
나

"엄마! 나 배고파."
어느새 내 눈앞에 있는 건
아들 먹일 밥

언젠가의 기분 좋은
꿈이었다

엄마

율원초 **강이든**

엄마는 학생이다

학생인 나보다 학교 숙제, 준비물을 더 많이 알고 있기 때문이다

엄마에게 항상 고맙다

내가 원하는 걸 알아차리고 해주시기 때문이다

또 나를 사랑해 주신다

엄마 사랑해

엄마에 대한 추억의 조각들

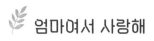 # 엄마여서 사랑해

율원초 **이지완**

아침마다 동생하고 싸우는
엄마지만
사랑해

하루 종일 숙제해라 잔소리하는
엄마지만
사랑해

동생하고 싸우면 나만 혼내는
엄마지만
사랑해

그냥
내 엄마여서
사랑해

 엄마는 배우

율원초 **정 일**

엄마는 배우

나에겐 화내면서

학원 선생님 전화 오면 갑자기 착해진다

엄마는 배우

나에겐 화내면서

시험 100점 맞은 나에겐 갑자기 착해진다

이 정도면 드라마에 나와야겠다

 # 우리 엄마

율하초 **진하담**

햇살 같은 우리 엄마
항상 날 따스하게 반겨준다

연필 캡 같은 우리 엄마
항상 날 보호해 준다

영양제 같은 우리 엄마
내가 잘 자랄 수 있게 도와준다

날 위해 도움을 주는 우리 엄마
난 그런 우리 엄마가 좋다

어머니의 마음

율하초 김승훈

은하보다 넓은 판이 없어도
다 덮을 수 없는 사랑
그건 바로 어머니의 마음

빛이 사그라지고 어둠이 와도
모든 게 죽고 다시 태어나도
변함없는 사랑 그건 바로 어머니의 마음

어머니는 이 사랑으로
탄생이 주는 고통과 두려움을
기쁨으로 이겨내셨네

글을 쓴 소감 ✏️

정말 이렇게 우리에 대한 사랑으로 고통을 이겨내신 게 감동적이었어요.

엄마

율하초 **김주하**

나에게 엄마라는 존재란 없어선 안 될 존재이다.

나는 우리 엄마가 정말 대단한 존재라고 느낀다. 나처럼 엄마도 힘든 일이 있을 텐데 울지도 않는다. 엄마는 한 번도 어린아이처럼 운 적이 없다.

엄마는 나와 오빠를 정말 강하게 키우셨다. 아직도 현재진행형으로 키우고 계시지만 오빠와 나를 어떻게 키웠는지 알게 되면 우리 엄마는 정말 대단한 사람이란 걸 더 알게 될 것이다.

내가 어릴 때 지금처럼 놀다가 다치거나 했으면 우리 엄마는 다른 엄마들과는 달리 나한테 "니 또 넘어졌나? 좀 조심해서 놀지!" 항상 이런 식으로 말해 준다. 그때는 이렇게 말하는 엄마가 너무 미워서 한 번은 엄마한테 엄마는 왜 걱정 안 해주냐는 식으로 말한 적이 있다. 그러더니 엄마가 한 말은 장난식으로 "아~ 우리 주하 괜찮나~?"라고 말해 줬다. 지금 보면 엄마가 그렇게 걱정을 안 해준 게 오히려 고맙다. 어릴 때부터 너무 걱정을 많이 했더라면 지금도 구구절절 걱정만 했을 것이다 나는 넘어지는 일이 많으니까.

또 엄마는 나랑 오빠가 갓 태어나 씻길 때도 살살 씻기진 않았던 것 같다. 그건 몇 년 전 내 사촌동생이 태어났을 때 알았다. 하루는 엄마가 사촌동생을 씻겼는데 이모의 손결과는 너무 다르게 박박 씻겼다. 그랬더니 사촌동생이 울었다. 또 엄마랑 같이 목욕탕을 가서 엄마가 나에게 때를 밀어줄 때는 정말 세게 민다. 완전 피날 정도로 그래서 그때 알았다. 엄마는 나랑 오빠도 그렇게 씻긴 것을…….

우리 엄마는 청소를 정말 잘한다. 내가 본받아야 할 점 중 하나이다. 내 방이 엄청 더러운 날이 있었는데 엄마가 그때 나한테 무슨 말을 했는지 똑똑히 기억이 난다. "엄마는 니 나이때 방이 있더라면 그렇게 더럽게 안 놔두고 진짜 깨끗하게 쓸 거다."라고 했다. 근데 내 방은 엄마 덕인지 별로 더럽진 않다. 옛날에는 엄마가 치워 주셨는데 그게 참 감사한 일인 걸 이제 알았다.

우리 엄마는 현명한 소비를 하는 사람이다. 내가 어릴 때 군것질도 많이 하고 쓸데없는 것도 많이 샀었는데 그럴 때마다 엄마는 그런데 돈 좀 쓰지 말라고 당부했다. 지금 봐선 그때 엄마 덕분인가 요즘은 쓸데없는 걸 사지 않는다. 난 오직 먹을 거! 엄마는 먹을 거는 먹으라 한다. 대신 군것질은 싫어한다. 최근에 용돈 문제 때문에 내가 운 적이 있는데 그때 난 돈을 소비하고, 저축하기 너무 힘든 시기였다. 엄마는 먹을 건 먹으라고 해줬다.

우리 엄마는 자신감도 많고 좋은 사람이다. 좋은 사람도 성질은 많을 수 있다. 그게 바로 우리 엄마인 듯하다. 어릴 때는 엄마랑 되게 많이 싸웠다.(지금도 많이 싸우긴 한다) 예를 들면 어린이집 갈 때 옷 때문에 내가 투정 부려서 싸운 적도 있고 등등 사소한 걸로 많이 싸웠다. 그래도 우리 엄마랑 나는 그렇게 싸워도 하룻밤이 지나고 아침에 일어나면 원상복구가 돼 있다. 항상 하루 뒤에는 아무 일 없듯 밥 먹으라 하고, 포옹하고 우리 엄마는 참 뒤끝이 없어서 좋다.

우리 엄마는 자식 교육을 잘 시킨다. 나는 보통 학교 갔다 와서 그 날 있었던 일을 엄마한테 무조건 말하는데 말하고 나서 엄마는 우리가 쓴 일기에 코멘트 써 주시는 선생님 같다. 그 일에 내가 잘못한 일도 있다고 뉘우치게 해주고 잘못했으면 혼도 낸다. 그래도 내 편을 들어주기도 한다. 우리 엄마는 말도 참 잘한다. 내가 잘못한 일을 그렇게 말해 주면 나도 '아, 내가 정말 잘못한 게 맞구나' 생각하도록 해준다. 우리 엄마는 정말 자식 교육을 잘 시키는 사람이다.

우리 엄마는 성실한 사람이다. 하루 삼시 세끼를 다 챙겨준다. 나랑 오빠는 아침 안 먹고 학교를 간 적은 없는 거 같다. 보통 출근하기 바쁘고, 귀찮을 수 있는데 우리 엄마는 우리가 밥 안 먹는 꼴은 못 보는 거 같다. 이런 엄마여도 밥 차려주기엔 언제든지 귀찮아한다. 특히 방학 때 더더욱 방학이 아닌 날들은 점심은 학교에서 주니까 상관이 없는데 방학 때는 점심까지 챙겨 주느라 힘들어한다. 우리 엄마 고민 대상 1위가 '밥 뭐 해주지?'이다. 근데 나는 편식을 좀 많이 한다. 그래서 밥 투정 부릴 때가 많은데 그럴 때마다 조금 뒤 생각해 보면 엄마한테 미안하다. 그리고 내 삼시 세끼 다 챙겨 줘서 너무 감사하다.

우리 엄마는 우리를 위해 항상 애써 주는 사람이다. 엄마는 집에서 휴대폰 하는 걸 싫어하기 때문에 항상 어디든 나가자고 한다. 하지만 엄마도 힘든 날은 그런 말을 하지 않는다. 근데 엄마가 나가자고 할 때마다 내가 싫증 부리면 엄마는 무안해지고, 화나고, 짜증 날 것이다. 나도 피곤한데 엄마는 얼마나 피곤할까? 그런데 우리 뭐 할지까지 생각해서 나가자고 하는데…. 엄마 너무 미안해.

우리 엄마는 귀신이다. 내가 못 찾는 것은 엄마가 다 찾아준다. 내가 냉동식품을 못 찾아서 딴 걸 먹었을 때 엄마가 집에 들어와서는 "여 있잖아." 하고 찾아 주고, 집에서 내 폰이 없어졌을 때도 엄마는 찾고 나는 못 찾았다. 아빠가 항상 "셔츠 어디 갔노?" 했을 때 바로 찾아 주는 건 엄마였고, 가족 중 누군가 티브이 리모컨이 없어졌다 했을 때도 찾아 주는 사람은 항상 엄마였다. 그래서 우리 엄마는 귀신이다.

우리 엄마는 건강한 사람이다. 내가 5학년 때 엄청 자주 아팠는데 5학년 때 열감기나 독감에 걸려서 아플 때가 종종 많았다. 그때마다 우리 엄마는 별로 아프지도 않고 나를 간호해 주었다. 입원을 한 적도 있는데 그때도 엄마랑 같이 잘 수밖에 없는 환경이었는데 엄마는 나에게 옮지도 않고 건강했다. 하지만 엄마도 마냥 항상 건강할 순 없다. 엄마도 나 때문에 독감에 걸렸었는데 그때는 엄마도 나처럼 많이 아팠다. 우리 엄마가 아파지면 우리 집은 잘 돌아가지 않는다. 엄마는 감기에도 잘 걸리지 않는 건강한 여성이다. 그러니 아프지 않았으면 좋겠다.

우리 엄마는 아름다운 사람이다. 언제는 난 남들 엄마가 이쁘고 부러워서 엄마한테 말한 적이 있는데 엄마는 그때 조금 삐친 거 같다. 우리 엄마는 꾸며도 이쁘고, 안 꾸며도 이쁜데 나는 왜 이렇게 남들 엄마를 부러워하는지 모르겠다. 우리 엄마는 나이가 좀 있어도 아름답다. 난 젊은 엄마가 있는 애들이 좀 부러웠다. 몇 달 전까지만 해도 엄마가 좀 꾸미고 다녔으면 했고 나를 좀 더 일찍 낳았으면 어땠을까 했다. 그때 나는 외면만 봤지 내면은 보지 않았다. 우리 엄마는 강한 엄마고, 청결한 엄마고, 현명한 엄마고, 자신감도 많은 엄마고, 자식 교육 잘 시키는 엄마고, 성실한 엄마고, 건강한 엄마고, 우리를 위해 애써 주는 엄마인데 나는 왜 엄마의 이런 면은 모르고 있고 다른 엄마들의 외면만 보고 부럽다 한 걸까. 내가 원망스럽다.

나는 우리 엄마가 행복했으면 좋겠다. 우리 아빠의 와이프가 아니고, 오빠와 나의 엄마가 아닌 그냥 엄마, '우은희' 자체로 살았으면 좋겠다. 우리 엄마는 애써서 나를 낳지 않았더라면 분명 엄마도 꾸밀 줄 알고,

멋지게 하고 다니는 그런 여성이었을 것이다. 그래도 우리 엄마는 오빠와 나를 낳고서 행복을 찾았을 것이다. 엄마에게 행복은 무엇일까? 여행 가기? 하고 싶은 거 다 하기? 아니, 우리 엄마는 자식들이 행복한 게 엄마에게도 행복일 것이다.

나는 우리 엄마의 딸로 태어난 게 정말 좋다. 우리 엄마는 정말 위대하기 때문이다. 이 세상에 단 한 명뿐이기에 특별한 사람이다. 이런 특별한 엄마 딸로 태어난 것이 정말 정말 좋다.

나는 다시 태어나도 엄마의 딸로 태어날 거다. 남들 엄마가 부럽다고 해서 다른 엄마한테 가기는 싫다. 왜냐면 그래도 난 우리 엄마가 좋기 때문에 항상 나 땜에 상처를 가장 많이 받는 건 엄마이지만, 나 덕에 가장 많이 웃는 것도 엄마이다. 내가 남들 엄마의 딸이었다면 나로 태어나지 않았을 거고 꼭 우리 엄마의 딸이기 때문에 나로 태어날 것이다.

우리 엄마는 항상 내 뒤에서 지켜준다. 내가 많이 힘들지 않았던 이유는 우리 엄마가 내 등 뒤에서 지켜주고 있었던 덕 아닐까 생각이 든다. 엄마는 내가 힘든 일이 있을 때마다 잘 다독여 주는 사람이다. 엄마는 엄마 혼자의 그 무게도 감당이 되지 않을 텐데 어떻게 나까지 다독여 주고 지켜주는 걸까? 이래서 우리 엄마는 위대하다.

우리 엄마는 예의를 주의 깊게 생각하는 사람이다. 엘리베이터에서 만나는 주민마다 인사하고 멋지다. 나는 인사하면 기분 좋다는 게 진짜인지 얼마 전에 알았는데 우리 엄마는 항상 기분 좋을 거 같다. 항상 인사하니까 엄마는 일하는 곳에서 애들에게 먼저 인사한다는 게 난 그게 참 존경하고 본받을 일 같다. 나도 엄마 따라 우리 학교 어린 친구들에게 먼저 인사해야겠다고 생각했다. 이처럼 우리 엄마는 나에게 생각을 많이 하게 해주는 좋은 사람이다. 생각을 많이 해 내가 더 좋은 사람이 되도록 만들어주고 우리 엄마 정말 최고라 생각한다.

"엄마 항상 존경하고 사랑하고 고마워.
내가 제일 본받고 싶은 사람은 엄마야."

엄마에게.

엄마, 안녕. 나 엄마 딸 김주하야. 이거 창의융합에서 엄마를 주제로 써서 책을 내는 게 있는데 사실 처음에는 엄마라는 주제로 쓰라니까 조금 당황했어. 근데 엄마에 대해서 조금 찬찬히 생각해 보니까 알겠더라고.

엄마는 우리를 강하게 키웠고, 청소를 잘하고, 현명한 소비를 하는 사람이고, 자신감도 많고, 자식 교육을 잘 시키고, 성실하고, 우리를 위해 항상 애써 주고, 귀신이고, 건강하고, 또 아름다운 사람이야. 더 있지만 내가 말한 것들이 엄마의 큰 특징이자 장점이라 생각해. 자, 어때? 내가 13년의 세월 동안 봐온 엄마의 모습이야. 난 이렇게 장점 많은 우리 엄마가 좋아.

엄마는 내가 폰 하는 걸 싫어하지만 또 책 읽는 건 좋아해. 휴대폰 많이 보는 딸이라 미안해. 아니, 엄마의 뜻대로 책도 많이 안 읽어서 미안해. 그래도 나 요즘 많이 노력하고 있다. 학교에서도 책을 읽으려고 노력해 보고 있고 사실 가장 안 고쳐지지만 휴대폰 사용 시간도 줄여보려고. 둘 다 너무 힘들겠지만 엄마가 그저 행복하다면 나는 고칠 수 있을 거야. 그리고 내가 엄마 말을 잘 듣고 행동하면 집안 분위기도 더 좋아질 거야! 그니까 내가 많이 노력하고 있다는 점 알아줘.

엄마는 바라만 봐도 웃음이 나오고 편한 사람이자 슬픈 사람이야.

엄마에 대한 추억의 조각들

늘 나에게 사랑과 진심, 그리고 애정을 아낌없이 주지만 나는 친구랑 놀기 바쁘고 친구밖에 모르는 거 같아. 엄마는 아낌없이 주는 나무 같아. 그 책의 나무처럼 엄마는 우리에게 아낌없이 애정과 행복, 말로 표현할 수 없을 정도로 사랑을 많이 줘.

근데 엄마 내가 이걸 이제야 알아서 미안해. 조금 더 일찍 알았으면 정신 바짝 차리고 행동하지 않았을까? 그리고 엄마도 나에게 상처를 덜 받지 않았을까? 그래도 우리 엄마는 멋진 사람이니까 나를 다 이해해 줄 거라 믿어. 아니 해줄 거야. 우리 엄만 멋지니까. 그래도 우리가 이렇게 티격태격하는 것도 하나의 추억인 것 같아. 그때의 상황은 좋지 않았지만……

엄마 나를 부족하지만 멋지고 아름다운 사람으로 만들어 줘서 고마워! 정말 다 엄마 덕인 거 같아. 앞으로도 더욱더 멋진 사람으로 만들어 줘! 나도 커가면서 늙어가는 우리 엄마를 아름답게 만들어 줄게. 사랑해 I love Mom~

− 엄마의 하나뿐인 철부지 딸 김주하 올림.

엄마에 대한 추억의 조각들

8 모임
마음을 담은 선물

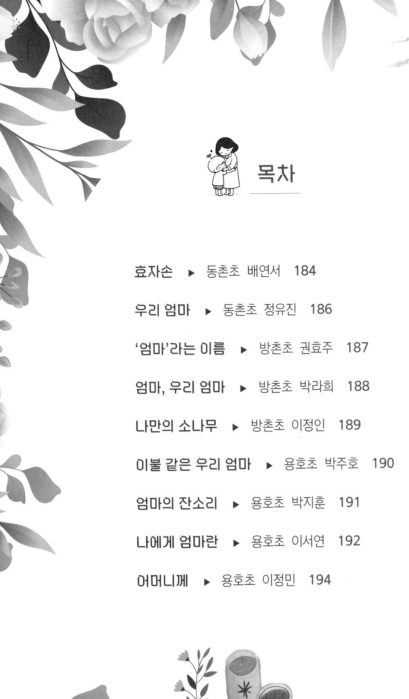

목차

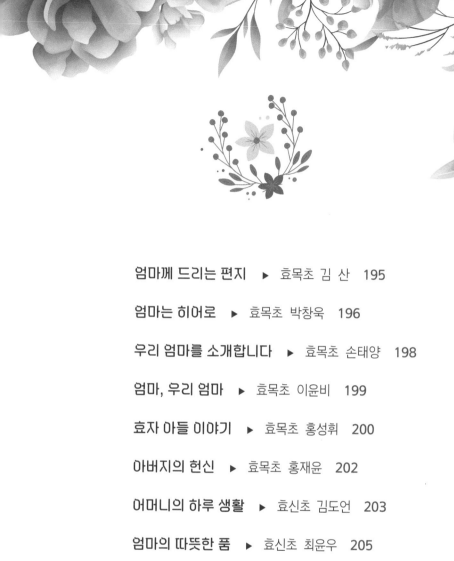

효자손

동촌초 배연서

말 안 들을 때마다 나오는
효자손

한 대만 맞아도
눈물이 주르르륵

나를 혼내는 엄마도
마음속으로
눈물이 주르르륵

이제 다시 안 혼나야지 하면서도
맨날 혼나는 나

이게 다 효자손 때문이야!
효자를 만들어 주는 손인데……

효자손이 나올 때마다
나는 불효자

엄마에 대한 추억의 조각들

엄마 마음 내 마음

생각만 해도

눈물이 주르르록

우리 엄마

동촌초 **정유진**

단풍같이 바뀌는 엄마
단풍 색깔 변하듯
엄마 얼굴 울긋불긋

삼색 볼펜 같은 엄마
삼색 볼펜 색 바뀌듯
엄마 기분 오락가락

단호박인 엄마
잔소리하는 엄마
날 사랑해서 하는 소리

소파 같은 엄마
집 같은 엄마
편안해서 너무 좋은 우리 엄마

엄마에 대한 추억의 조각들

 # '엄마'라는 이름

'엄마'라는 이름은
참 무겁고 힘들게 느껴진다

나를 낳으시고 키우시는데
온몸을 바쳐 나를 도우시고
또 나를 위해 희생하시는…….

'엄마'라는 이름은
그 누구도 따라잡을 수 없는
무겁고 힘든 이름이다

🌿 엄마, 우리 엄마

방촌초 **박라희**

몇천 번 불러도
몇만 번 불러도
또 부르고 싶은

'엄마'

몇천 번 보고
몇만 번 보아도
다시 또 보고 싶은

'엄마'

몇천 번 생각하고
몇만 번 생각해도
또…… 또 생각나는

'우리 엄마'

엄마에 대한 추억의 조각들

🌿 나만의 소나무

방촌초 이정인

엄마는
나만의 소나무이다

소나무는
비가 오든
눈이 오든
바람이 불든
늘 그 자리를 꼿꼿이 지키고 있다

엄마도
내가 잘못하든
속상하게 하든
눈물 나게 하든
나의 뒤에서 꼿꼿이 버텨준다

엄마는
나만의 버팀목
소
　나
　　무

🌿 이불 같은 우리 엄마

용호초 **박주호**

시험을 망쳐
울고 있는 나를
위로해 주는 엄마

슬픔으로 가득 찬
내 마음에
행복을 가득 채워 주는 엄마

이럴 때면
우리 엄마가 꼭 이불 같다

추울 때
따뜻하게 감싸 주는 이불처럼

슬플 때
내 마음을 따뜻하게 감싸 주니까

엄마에 대한 추억의 조각들

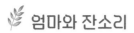 # 엄마와 잔소리

용호초 **박지훈**

엄마가 말을 하면 그 뒤엔
항상 잔소리가 따라온다

엄마가 뭐하니 물으면 그 뒤엔
그거 하지 말고 빨리 공부해 하고

엄마가 하지 마 하면 그 뒤엔
으이구 저지리를 일으킨다 하고

엄마와 잔소리는
뗄래야 뗄 수 없는 관계인가 보다

나에게 엄마란

용호초 이서연

나에게 엄마란, 없어선 안 되는 존재 중 하나인 것 같다. 당연한 말이지만 날 낳아 주고 키워 주고 사랑을 나눠 주신 엄마가 없다면 많이 슬플 것 같다.

가끔 따끔하게 야단치실 때도 있긴 하지만 그래도 엄마는 엄마이다. 가끔 엄마 마음에 상처를 줄 때 엄마께서도 슬프지만 나도 정말 슬프다. 세상에 사랑하는 사람에게 상처를 줄 때 속상하지 않은 사람이 있을 리가 없다. 내가 아프거나 속상할 때 누구보다도 먼저 걱정해 주고 날 많이 아껴 주고 소중히 대해 주는 사람, 엄마. 가끔은 투정부릴 때도 있지만 눈감아 주고 봐줄 때가 많다. 정말 엄격하지도 않고, 그리고 원하는 것을 절대 사 주지 않는 것도 아니다. 예로 좋아하는 아이돌 앨범, 공부에 방해가 되어 사 주지 않으시는 부모님들도 계신다. 그러나 우리 엄마께서는 내가 진심으로 좋아하는 것은 가끔씩이라도 사 주신다.

다시 생각해 보니 엄마께서 집안일을 하고, 나를 위해서 해주는 것이 당연한 것이 아니라 고마워해야 할 것. 당연하게 생각한 적은 없었지만 가끔 그런 생각을 할 때 엄마께 뭔가 죄송해진다. 공부 면에서도 부족한 부분을 더 개선시키도록 도와주시고, 인성, 친구 관계 등에서도 날 많이 도와주신다.

항상 엄마께서는 어버이날에 편지와 선물을 준비하면 소소한 선물은 받으시지만, 그렇게 큰 선물은 됐고 편지나 많이 써줬으면 하신다. 어린이날에 내가 받는 선물을 생각하면 어버이날에 부모님들께 잘해 드려야 하는 것도 알고 있다. 아니, 평소에도 부모님께 잘해야 한다는 생각을 자주 하곤 한다. 선물이나 용돈을 떠나서, 마음이 가장 중요한 것도 맞다.

우리는 가족이니까, 서로를 더욱더 사랑해야 하는 것도 알고 있다. 앞으로도 부모님, 그리고 언니에게 더 잘해 줘야겠다.

용호초 이정민

안녕하세요. 저는 어머니의 첫째이자 막내아들 이정민입니다.
제가 어머니께 차마 못했던 말들을 이 편지로 전하려고 합니다.

저를 이 세상에 태어나게 해주셔서 감사합니다. 그리고 저를
정성으로 보살펴 주셔서 진심으로 감사합니다. 어떻게 보면
제가 이렇게 좋은 환경에서 자라고 밥도 잘 먹을 수 있었던
것도 다 어머니 덕분입니다.

어머니 언제나 힘내세요. 저에게 어머니는 지구 같은 존재입니다.
제가 어머니와 다퉜을 때도 저는 어머니를 항상 사랑합니다.
저의 삶에 가장 큰 행복은 저를 아껴 주시고 사랑해 주시는
부모님이 있다는 것입니다. 저는 어머니가 가장 자랑스럽습니다.
어머니, 사랑하고 응원합니다.
힘내세요.

막내아들 올림

엄마께 드리는 편지

효목초 김 산

안녕하세요, 저 산이에요.

오랜만에 편지를 쓰고 있네요. 과제로 편지를 쓰고 있지만
기분이 좋네요.

평소에 말을 잘 듣지 않아 죄송해요. 집안일을 하라고 했는데
하지 않아서 죄송해요. 귀찮아서 하지 않았는데 막상 미안하네요.

이제 부모님 말씀 잘 듣겠습니다. 누나들과도 사이좋게
잘 지내겠습니다.

사랑해요.

엄마는 히어로

효목초 **박창욱**

오늘도 어김없이 일을 하러 가는, 아이를 셋 가진 우리 엄마다. 오늘도 늘 그렇듯 능숙하게 가방을 메고 준비를 하고 아파트의 미궁으로 떠난다.

그렇다. 할머니들을 도우러 가시는 거다.
전 세계는 아니지만 우리 아파트에서만큼은
거의 슈퍼히어로나 다름없다.
갈 길 갈 때마다 인사를 하는
우리 엄마가 구해낸 할머니들
느닷없이 웃고 얘기를 한다.
"요즘 무슨 일 없제?"
우리 엄마는 "없어요."라고 말한다.
우리 동네 사람들을 구해낸 우리 엄마
만나는 할머니들마다
아주~~ 긴 이야기의 나라로 떠난다.

같이 가던 인내심 깊은 나도 싫증날 정도이다.
그렇지만 그래도 내가 엄마를 좋아하고 사랑하는 이유는
어느 누구보다도 더 자기 자식을 아끼고 사랑하고 지켜 주는 우리에게도 멋진 아주 멋진 영웅이기 때문이다.

나도 우리 엄마를 사랑하고 지켜 주고 싶기 때문이다.

오늘도 아침 일찍이 나가셔서

3시~4시쯤…? 돌아오는 우리 엄마는 6시쯤 밥을 해주시고 10시에서

~11시쯤이 되어서야 편히 쉴 수 있는 꿈나라로 가신다.

엄마한테 말은 안 했지만……

엄마 늘 고맙고 "사랑해요!"

— 우리 엄마의 긴 하루.

🌿 우리 엄마를 소개합니다

효목초 손태양

엄마는 아빠와 나이가 같고 50kg이다. 엄마는 예수님과 하나님과 성령님을 믿고 교회에 다닌다. 체스와 바둑을 못한다.

엄마는 나를 가졌을 때 흑룡 꿈을 꾸었다고 한다. 머리가 우리 아빠보다는 좋지 않지만 아빠를 갈굴 때에는 천재가 되어 기억력이 비약적으로 상승한다.

엄마는 자신이 예쁘다고 생각하고 주변 40대 아줌마치고 우리 엄마가 정말 예쁘다고 생각한다. (속마음으로는 다르겠지만) 엄마는 내가 세상에서 제일 잘 생겼다고 한다.

엄마는 성령님(예수님, 하나님)을 믿지 않으면 천국에 가지 못한다고 말한다. 엄마는 교회에서 수많은 것들을 가져오고, 다른 아이들은 1,000원씩 내는 헌금을 매일 10,000원씩 낸다.(내 용돈은?) 또 새로운 집을 소개한다고 토요일, 일요일에 우리 집에 가족들, 목사님과 아들 둘, 엄마 친구 등등 많은 사람들을 데리고 와서 너무 피곤할 때도 있다.

엄마는 내가 논리를 펼치면 엄마는 그건 말도 안 된다 하고, 그래도 내가 계속 말하면 논리가 이상하다고 하면서 휴대폰을 뺏거나 컴퓨터를 금지시킨다. 그래도 나는 엄마와 한 가족이어서 이런 고통쯤이야 견딜 수 있다.

엄마에 대한 추억의 조각들

 # 엄마, 우리 엄마

효목초 이윤비

엄마, 엄마는
넓은 바다의 친구야
넓은 바다처럼
우리 엄마 마음도 넓어

엄마, 엄마는
우주의 친구야
많은 행성과 별을 품고 있는 우주처럼
우리 엄마도 우리를 품고 있어

엄마, 우리 엄마
넓은 바다의 친구
우주의 친구

🌿 효자 아들 이야기

효목초 **홍성휘**

옛날 옛적에 홍성휘라는 아이가 살았어요.

홍성휘는 아픈 어머니를 돌보기 위해서 나무를 하러 갔어요. 그리고 약을 사고 집으로 돌아가는 길에 더위를 너무 많이 먹어서 기절했어요.

얼마 후, 홍성휘는 깨어났어요. 늦은 밤이었어요.

홍성휘는 서둘러 집으로 돌아가려 했지만 가는 길이 너무 어두워 앞이 잘 보이지 않았어요. 그래서 홍성휘는 여기서 하룻밤을 지내기로 했어요.

"어흥"

잘 자고 있다 깨어난 홍성휘는 주위를 둘러보았어요.

숲속 나무 사이에서 호랑이가 다가오고 있었어요. 홍성휘는 겁에 질려 달아났어요.

호랑이도 엄청난 속도로 홍성휘를 쫓아왔어요.

홍성휘는 근처 큰 나무를 찾아서 나무를 하러 갈 때 쓴 도끼를 찍어 나무 위로 올라갔어요. 호랑이는 나무 위로 올라와 보려고 했지만 금방 포기하고 돌아갔어요.

홍성휘는 어머니에게 낫는 약을 갖다 드릴 수 있었고, 얼마 후 어머니의 병이 다 나아서 홍성휘와 그의 어머니는 오래오래 행복하게 살았답니다.

어머니는 우리를 사랑하십니다.

어머니는 힘들게 번 돈을 우리를 위해 쓰십니다.

나는 그런 어머니를 보면서 항상 감사하게 생각합니다.

하지만 어머니의 말을 잘 듣고 싶지만 항상 그런 것은 아닙니다.

공부하라 하면 10분 뒤에 자고, 하지 말라는 것들을 계속 합니다.

저는 어머니의 말을 따르고 싶은데 저의 행동은 그렇지 못합니다.

내일부터는 이러지 말자라고 생각해도 계속 반복됩니다.

어머니를 위해 더 열심히 해야 할 일을 하고, 노력하고 실천할 것입니다.

효목초 홍재윤

어제도 오늘도 내일도 우리 아버지는 멀리 일을 하시러 가신다. 아버지는 우리 가족이 행복하게 건강하게 사는 게 소원이라고 하신다.

아버지가 없는 날에는 아버지가 너무 보고 싶다. 아버지는 지금까지 우리를 위해 사셨고 앞으로도 우리를 위해 사실 것이다.

우리를 보석같이 소중히 아껴주시고 헌신하시는 우리 아버지. 아버지를 생각하며 우리는 열심히 노력하면서 살아갈 것이다.

"사랑합니다. 꼭 오래오래 건강하시고 행복하세요. 아버지, 빨리 돌아오세요. 곧 만납시다. 사랑해요."

🌿 어머니의 하루 생활

저희 어머니의 하루 생활을 쓴 일기입니다.

저희 어머니는 아침에 일어나 저희 밥을 하시고 저와 동생이 학교에 갈 수 있게 준비해 주십니다.

저희가 학교에 가고 나면 준비를 하시고 9시쯤 회사에 가십니다.

회사에서는 회사 일을 하시고 퇴근을 하시면 집에 오셔서는 다시 집 안일을 시작하십니다.

저와 동생이 태권도 학원을 마치고 올 시간까지 저녁밥을 준비하시고 빨래, 설거지, 청소 등을 하십니다.

그렇게 저녁을 먹고 나면 어머니의 짧은 자유시간이 시작됩니다.

그 후 저희들이 자러 가면 어머님은 못다한 집안일을 다시 시작하시고 늦은 밤이 되어서야 주무십니다.

어머님 혼자서는 이런 것들이 너무 힘들다는 것을 알고 있습니다. 그래서 저는 어머님을 위해 여러 가지를 하고 싶습니다.

예를 들어 설거지를 도와드린다든가, 동생과 제 방 정리를 깨끗하게 한다든가, 하는 일을 하고 싶은데 자꾸 놀고 싶은 마음이 생겨서 잘 도와드리지 못했습니다.

가끔 빨래 정리는 도와드렸지만 더 많은 것을 도와드리지 못해서 죄송한 마음이 듭니다.

이제는 놀고 싶은 마음을 조절해서 어머님을 좀 더 많이 도와드릴 수 있는 아들이 되고 싶습니다.

엄마에 대한 추억의 조각들

🌿 엄마의 따뜻한 품

효신초 **최윤우**

오늘도
기쁜 일이 있든,
슬픈 일이 있든,
엄마는 언제든지 같이 동행하신다

엄마는 언제든지 나를 돌보아 주시며,
그때마다 나는
엄마의 따뜻한 품을 알게 된다

엄마의 따뜻한 품에
쏘옥 안기면
내가 항상 돌봄 받는 느낌도,
또 내가 천하무적이 된 느낌도 든다

엄마께서는 이렇게 따뜻한 품을 주시는데
나도 이런 엄마께 효도를 열심히 하는 것이 도리

글을 마치며

'가슴에 담으면 항상 떨리는 엄마라는 말'을 언젠가는 느낄 때가 오겠지요? 우리 아이들의 마음속에 '엄마'는 그 이름만으로도 힘이 되고 축복이 되는 그런 존재였으면 좋겠습니다. 제각각 엄마에 대한 생각을 담은 글을 통해 한층 더 자랐을 우리 창의 동행 친구들의 앞날을 조심스레 응원합니다.

김해성 선생님

여러분의 글을 통해 엄마의 사랑과 헌신, 그리고 우리 삶에서 엄마가 차지하는 중요한 자리를 다시 한번 느낄 수 있었습니다. 우리의 책, '엄마'가 여러분 인생의 걸음걸음에 강인한 용기를 주고 격려를 건넬 수 있기를 소망합니다.

김현정 선생님

엄마의 시간 속에 여러분들은 어떤 의미일까요? '엄마'를 주제로 여러분들과 함께 나누는 이야기 수업 시간이 참 즐거웠습니다. 여러분의 엄마에 대한 마음과 생각을 담은 이야기를 엮으면서 따뜻한 감성을 지니고 더 크게 성장할 여러분들의 행복한 미래가 그려집니다. 여러분의 꿈을 응원합니다!

이미희 선생님

"엄마, 엄마~" 불러도 또 불러도 질리지 않는 이름!

엄마에 대한 나의 마음을 글로 표현해 보고 친구들의 마음도 읽어볼 수 있도록 책으로 발간됨을 축하드립니다. 이 책이 비가 올 땐 우산이, 눈이 올 땐 따뜻한 외투가 되어주는 고마운 엄마께 내 마음을 전하는 선물이 되길 바랍니다.

이혜진 선생님